COLLECTION FOLIO

Richard Millet

Le chant des adolescentes

Édition revue

Gallimard

Marinae,
puellae, sorori meae

« Omnis caro foenum. »

Es. XL, 6

Anton Tchekhov dit que la contemplation de la vraie beauté féminine attriste, qu'elle fait même sourdre une étrange pitié ; on serait alors renvoyé à soi, on chercherait moins à plaire qu'à plaindre et à se plaindre, pour enfin accepter la défaite des épithètes et du sens. Ces très jeunes filles m'ont néanmoins comblé ; elles auront été mes plus sûres amoureuses ; nous n'avons, elles et moi, rien espéré d'autre que le bonheur d'être ensemble, quelques heures par semaine, dans l'invention perpétuelle du regard, de la voix, de quelques gestes — avec une fantaisie et une ingénuité qu'elles perdront bientôt. Elles auront cherché dans ce qui leur restait d'enfance leur plus vive féminité : moments soudains et rares d'une proximité qui nous bouleversa et qui est moins le fruit de la stratégie amoureuse que de l'abandon, certes souvent théâtral (les aurais-je aimées de la sorte si je n'eusse séduit *la classe tout entière ?), mais sans souci de rétribution. Leur histoire personnelle, la plupart du temps banale, m'intéresse peu, et elles n'existent guère hors du collège. D'elles, dont la nymphescence s'éteint après seize ans, j'ai aimé avant tout l'extraordinaire pudeur ; et le don singulier d'elles-mêmes n'a rien du pathos de l'étreinte sexuelle, ni des illusoires éternités de la passion. Toutes semblent dire que la proximité amoureuse est éphémère mais non tragique, ni décevante, ni attristante, et qu'il y a là, avec ou sans moi, quête d'une vérité sur soi dont la beauté serait la dédicace.*

Odile

Je me penche vers elle qui écrit, comme sur un buisson de flammes sombres. Elle relève la tête lentement, agite, paresseuse, ses boucles rousses dont l'épaisseur a sous les doigts quelque chose d'animal ; elle me regarde et me lance (elle qui sait pourtant fort bien à quoi s'en tenir) : « Pourquoi ne m'aimez-vous pas ? Dites, pourquoi ne m'aimez-vous pas ? » Le lamento s'épuise dans un rire bête. Odile est aussi ronde que les syllabes qui la hèlent. Elle bat exagérément des paupières, le bleu méridien de ses yeux prend les couleurs d'un ciel offusqué. M'étant penché davantage, je me perds dans une peau trop blanche, criblée de taches de son, dans une chair qui hésite à présent entre le rose et l'ivoire, dans une figure élargie, implorante pour rire, et triomphale. C'est vrai qu'elle n'est pas jolie et que ses dents minuscules m'exaspèrent. Mais j'ai le cœur serré de ne pouvoir lui dire (me croirait-elle ?)

combien j'aime les roux — que je leur voue un amour instinctif, immédiat, fraternel ; et tordant doucement vers la table la crinière d'Odile, qui geint de si peu souffrir, je pleure avec elle, en silence, notre enfance navrée d'enfants roux.

Céline

Céline descend un à un les degrés de l'ancien bâtiment et pose le pied sur le sol poudreux comme si elle atteignait le sable brûlant d'une plage : circonspecte, délicate, se souriant à elle-même, les lèvres plus gonflées qu'à l'ordinaire et arrondies d'une petite moue qui s'accentue dès qu'elle lève les yeux vers moi. On dirait que de l'apparition de la moue dépend l'éclosion, en ce visage rond, d'un regard bleu et doux, dans lequel se délivre enfin le sourire refusé à la bouche, avec la certitude fragile d'une beauté qu'assoit une chevelure d'un blond clair, coupée au carré, audacieusement garçonne et qui, en aile d'oiseau hautain, ne lui couvre qu'une joue. Céline rougit d'être regardée dans la lumière de septembre : tout heureuse de cette gloire, elle remue un peu les lèvres ; puis retrouvant ses gestes lents, elle hausse les épaules et se tourne vers le muret sur lequel ses condisciples semblent autant de pariétaires remuées par le vent ; elle va s'isoler près du marronnier, comme si elle haïssait déjà l'usage inconsidéré de la parole.

Adélaïde

Une beauté faite de blancheur et de flamme, de colère et de douceur, des mille ressources du jour : le visage d'Adélaïde est étroit, ses cheveux lourds et très bruns, son corps élancé, sa voix savamment assourdie comme si elle cherchait, en classe, l'aparté de la favorite qu'elle sait être tout en laissant la parole aux autres, qu'elle n'écoute pas. Elle n'a de cesse qu'elle ne m'ait distrait, agacé, chevillé à elle par vingt réponses habiles ou déroutantes. Pour ne pas déranger ceux qui écrivent, je m'accroupis près d'elle, qui me montre de la hauteur, puis murmure, toute pâle :

— Que faites-vous ici ? Je ne vous ai rien demandé.

— Sans doute, mais si je n'étais pas là, tu serais furieuse.

— Laissez-moi travailler !

Je me relève lentement, lui souris, ne la quitte pas des yeux. Elle finit par relever la tête, radieuse, et secoue vivement sa chevelure. Je reste debout près d'elle, adossé au mur, réponds aux questions d'autres élèves ; ma main droite s'agite en l'air, l'autre demeurant immobile, ouverte à demi contre ma hanche, jusqu'au moment où je sens que mon index est devenu la tendre proie de lèvres et de dents dont la pression me tire des larmes de joie.

Adeline

La chevelure d'Adeline est instable ; et ce sont cette instabilité, cette quête d'un équilibre improbable qui d'emblée m'ont conquis, mieux que le visage pourtant délicat, vif et brun, dans lequel on finirait par ne plus voir, non sans complaisance, que le filtrum, singulièrement rose, qui unit un nez retroussé à des lèvres plutôt minces. Chevelure très brune, aux reflets presque noirs, longue, bouclée, qu'Adeline fait basculer sans pitié d'un côté à l'autre de sa tête (quand ce n'est pas, excédée, de l'arrière vers l'avant, pour y noyer sa figure), avec un mouvement un peu las de la main, sans qu'il y ait là, cependant, de l'affectation — mais, si l'on veut, une douce superbe. Il est vrai qu'elle a de sa beauté la certitude à la fois audacieuse et mesurée, ou hésitante, des très jeunes filles, et qu'elle cherche dans la modification perpétuelle de cette masse d'ombre à ses tempes, ses joues et ses épaules, l'offrande d'une beauté qu'elle craint de voir figée dans les attitudes convenues de la belle élève insolente et douée, ou bien dans le dépit de n'être pas blonde. Je m'étais penché vers elle, à sa demande, pour l'aider à mettre d'aplomb quelque phrase bancale ; j'avais posé la main sur son épaule afin de l'écarter un peu de la feuille : elle fit alors passer de mon côté la chevelure tout entière qui, lourde et fraîche, pleine d'odeurs naïves, rares, tourmentantes, s'écroula sur ma main avec le bruit d'une robe tombant à terre.

Vanessa

Elle n'aime ni sa figure, qu'elle juge trop ronde, ni son corps dont elle dénonce l'embonpoint. Elle a tort : ses yeux, d'un bleu pâle tirant sur l'ardoise, lui donnent un aplomb, une autorité que ne démentent pas ses gestes lents, quand elle écrit au tableau, non plus que sa démarche, solennelle en dépit d'un chandail trop large qui dissimule mal une poitrine à l'ampleur déjà magnifique et une croupe ferme dans un jean qui — suprême audace et nullement apanage des filles trop bien en chair — est pris délicatement dans la raie des fesses. Mais cette haine de soi, c'est sur ses mains qu'elle se porte particulièrement : elle les replie sous toutes manches, écrit du bout des doigts. Ce matin, j'ai parlé de l'art de jouer du piano, de la dextérité, de l'élégance de certains gestes : le regard de Vanessa ne quitte plus mes mains et, à la fin du cours, elle vient à moi, le front empourpré. D'une petite voix elle demande à voir mes mains — auxquelles, sans autre façon, elle colle les siennes pour voir, murmure-t-elle, si elle aurait pu être pianiste : nous voilà paume contre paume, doigts contre doigts, sans trembler, nous défiant du regard jusqu'à ce que Vanessa, très lentement, replie ses doigts entre les miens puis élève, avec un sourire de triomphe, nos mains enlacées et humides dans la lumière de l'après-midi.

Virginie

Le visage de Virginie est un ciel changeant où courent des nuages qui s'effilochent dès qu'elle m'aperçoit. Cette petite personne, frêle et blessée, s'émeut, comme si elle en était la cause, de mes plus infimes sautes d'humeur. On voit trop vite poindre des larmes dans cette figure mince qu'une moue chagrine tire violemment vers l'enfance, tandis que le regard — un regard d'eaux sombres où errent des étoiles — cherche dans le mien la confirmation douloureuse de son adolescence ; et comme cela ne suffit pas (sans doute suis-je trop ironique, aujourd'hui, ou pas assez disposé à sourire, ou encore refusé-je que l'architecture délicatement chagrine de ce visage aux clairs cheveux lisses soit détruite par un sourire qui révélerait des dents un peu trop écartées), je fais mine de l'ignorer. C'est oublier combien elle a besoin de moi, besoin de presser mon corps pour se rassurer : elle jette à terre sa besace, marche à moi, très décidée, et avec un sourire d'un autre âge, faussement implorant et pâle, elle noue à mon cou ses mains, qu'elle a glacées, et me dit d'une voix claire, sa bouche contre ma joue : « Voyez, Monsieur, comme j'ai froid. »

Emmeline

La laideur d'Emmeline m'épouvantait : tête trop grosse sur un corps long et maigre, poitrine menue, sourire découvrant des dents serrées en un appareil qui la faisait saliver, chevelure épaisse et bouclée telle une perruque du Grand Siècle. Avec cela l'esprit sournois de celles qui savent leur laideur mais entendent qu'on ne les oublie pas. J'ai fui son regard, ses mains, son souffle tant que j'ai pu — avec un sourire mièvre qui lui laissait deviner ma complaisance. Emmeline, au premier rang, redouble de coquetterie, minaude, prend une voix de tête, se rend sinon intéressante, du moins indispensable à la classe. Mais les favorites l'exaspèrent, et mes faiblesses pour elles lui tireraient des larmes. Je lis à voix haute un poème de Toulet sur le temps qui passe, irrévocable ; des postillons m'échappent, tombent sur sa table. Elle pâlit, cherche mon regard ; puis, lentement, avec une détermination de sainte qui se mortifie, elle pose le doigt sur ma salive et le porte à ses lèvres, les yeux mi-clos, souriant comme un enfant aveugle.

Paula

Paula semble la proie d'une fatigue éternelle. Sa figure est blanche, sa bouche amère, ses yeux souvent cernés et humides — avec le triste, le languide sourire d'une fille qui rêve aux bords du Tage, où elle est née. J'ai cru trouver la raison de sa mélancolie le jour où j'ai manié sa chevelure : froide, d'un noir brillant, malaisée à retenir, coulant entre mes doigts comme une eau morte. Paula en paraît accablée. Pourtant, si faibles que soient les sourires qu'elle m'adresse, et si manifeste son désir de parler le moins possible pour s'abandonner à sa rêverie, Paula s'habille avec une sobriété de femme fatale : boléro de velours noir sur un chemisier qui a la couleur, vert pâle, de ses yeux, et minijupe aussi sombre que ses cheveux, tirée sur des jambes bien faites, dont la minceur est soulignée par le liséré compliqué des collants. Je la complimente ; peut-être tous ses efforts, ses moues dédaigneuses, ses pâmoisons pleines de morgue n'avaient-ils d'autre fin que de me faire murmurer ces mots : « Quelle belle fille ! » Alors ses yeux s'éclairent, ses traits un peu mous se recomposent autour d'un sourire qui trouve dans sa tristesse un surcroît de lumière ; et je crois sentir palpiter plus fort ce petit cœur qui ne battait que l'égrènement des minutes. Paula rejette en arrière ses cheveux, entrouvre ses trop rouges lèvres et ferme un instant les yeux, comme délivrée. Puis elle me dit : « Tu es gentil... » À la condisciple qui feint de s'indigner d'une telle familiarité, elle rétorque, simplement : « Il nous tutoie bien, lui ! » Elle me fait signe de me pencher davantage, arrondit les épaules comme pour gonfler un peu une poitrine menue, d'une blancheur maladive, et me demande en chuchotant, le visage tendu, le regard ailleurs : « Vous croyez que je serai toujours belle ? » Pour toute réponse je lui baise la joue. Elle a un pauvre sourire, satisfaite ou déçue, ou bien à mille lieues déjà des jugements humains ; et résignée, elle se laisse emporter par le poids de ses cheveux.

Arielle

Je l'ai remarquée, dès le premier jour, pour son regard extraordinairement clair, intelligent, moqueur. Ces yeux illuminaient une figure mince et creusée de moniale dont une masse bouffante de beaux cheveux châtains et frisés figurerait le voile. À quatorze ans, Arielle semblait déjà sécher ; jamais je ne l'ai entendue rire, comme si cela eût pu malmener le frêle équilibre de son corps duquel, sous des chandails et des pantalons trop larges, je n'apercevrai que les saillies des os. Je lui en ai voulu, cruellement, de sa maigreur, et d'avoir été, pendant toute une année, sur le point de la trouver belle — ou que sa beauté soit restée rebelle à mes regards et qu'il me fallût me contenter de ses fines reparties et de la flamme insoutenable parfois de ses yeux. L'année suivante, elle avait quitté le collège. À la place qu'elle avait occupée s'installa une fillette au visage diaphane, dont l'ovale parfait et les couleurs pastel avaient la grâce des portraits du XVIIIe siècle : c'était la sœur d'Arielle. Il me faudrait des mois pour épuiser l'étrange ivresse qu'il y avait à découvrir que la petite n'était pas seulement la face cachée de l'aînée, ni même que j'avais sous les yeux Arielle enfant : c'était le mouvement sensible d'une filiation, qui me révélait enfin la beauté d'Arielle, et, non sans remords, me faisait prendre en horreur les beautés immédiates qui me bouleversent mais dont je me lasse vite. Arielle peut continuer de se consumer, de jaunir, et ses yeux de s'agrandir avec stupeur sur une souffrance avec laquelle elle sait composer, j'ai au fond de moi la vérité de son visage : la petite Laurence, jour après jour, me fait croire à son éternité.

Juliette

Ange révolté contre soi, ange dont l'infinie douceur est au service d'une folle entreprise : depuis que je lui ai fait subir une petite et méritée humiliation, Juliette crie vengeance : « Je vous aurai », répète-t-elle, calmement, avec un sourire qui n'incline guère à la méfiance. Elle voudrait vivre tout près de ma figure qu'elle entoure de mille frôlements, battements d'ailes accompagnant ses mots, petit travail d'aveugle cherchant l'aurore sur le visage d'autrui. De ses longs yeux marron tirés vers les tempes, elle m'observe sagement. Minaude, je crois que je la giflerais. Mais, à seize ans et demi, elle se déteste encore assez pour savoir se tenir. Elle attend son heure — sinon mon consentement, du moins ma faiblesse. Je sais qu'un jour, au moment voulu (un mardi à midi, par exemple, lorsque les autres se seront envolés), Juliette viendra à moi. Et, en effet, elle s'est approchée avec un sourire pincé, serrant sur sa poitrine un grand classeur bleu. Sans me quitter des yeux, elle me tend ses lèvres. Je secoue la tête : sa révolte tout entière est dans cette bouche trop rouge, son pauvre amour aussi. Je lui représente que tout cela n'a pas de sens. Pour me défendre mieux, j'allume une cigarette que je garde entre les lèvres. Juliette n'a pas dit son dernier mot ; elle ôte la cigarette de ma bouche, la jette par terre d'un air indigné ; enfin, mouillant le bout de ses doigts, elle les passe doucement sur mes lèvres, puis sur les siennes, en murmurant : « Et comme ça, vous voulez bien ? »

Audrey

Le plus souvent cassée sur un banc trop petit pour elle, la tête inclinée vers une épaule et les mains abandonnées sur la table, Audrey semble rongée d'ennui. Elle m'écoute, cependant, et chacun de mes regards est accueilli par un beau sourire qui fait briller un peu d'or dans ses yeux vert-gris. Avec ses paupières couvertes d'une sorte de lapis-lazuli et son immense chevelure frisée, elle a tout d'une damoiselle préraphaélite, et m'exaspérerait si son sourire n'avait quelque chose de très franc : peu de jeunes filles plus belles d'un silence sans mystère, sinon, bien sûr, celui de son corps. Mystère de peu de prix, à peine accru par des vêtements amples qui m'auraient fait craindre le pire si je n'avais deviné, sous les lainages, des seins d'une belle lourdeur. Je trouvai l'occasion de dire à la cantonade ma tristesse que les filles ne sacrifient plus à l'élégance. Dès le lendemain, je dus m'incliner devant Audrey, entourée de ses chevalières hautaines : trop fardée, les yeux clos à demi, un rien vulgaire, et belle cependant de ses seules jambes longues et brillantes dans des collants couleur chair, la taille bien prise dans une courte robe noire et marchant sur le gravillon de la cour sans se tordre les pieds dans ses escarpins vernis. Les hommages l'empourprent. Elle se reprend bientôt et me dit, de sa plus lente voix, un peu éraillée : « Vous ne verrez ça qu'une fois. Je trouve indécent de venir au collège comme ça. »

Magali

En vain chercherait-on un défaut dans le lisse et l'ovale de ce visage de nacre, à peine délivré de l'enfance. Perfection qui est une sage réponse à la violence d'être arrachée aux jeunes années. Perfection qu'assurent en outre une simple coupe au carré et de grands yeux sombres, peu étonnés de ce qu'ils voient. Seules les lèvres, par moments, gonflées et d'un beau rouge grenade, peu enclines à se séparer pour rire mais volontiers frémissantes d'un sourire lent à éclore, et trop franches pour ne pas s'accorder par une petite moue à la clôture du visage, les lèvres seules, je ne savais pourquoi, pourraient ouvrir à moi cette petite personne au verbe rare et sage, aux manières presque exaspérantes à force de politesse. Je devinais qu'il ne servirait à rien de provoquer cette ouverture, qu'elle aurait lieu quand je m'y attendrais le moins, ou que j'aurais appris à regarder autrement. Ce fut un matin de novembre. Le soleil se levait dans la salle ; Magali était assise près de la fenêtre et contemplait le tableau ; je me tenais debout, le dos appuyé contre le mur opposé. Je découvrais le profil de Magali : il était, à contre-jour, d'une pureté extraordinaire, offert et défendu dans une gloire éblouissante. J'allais fermer les yeux et me retourner vers le tableau ; un nuage offusqua le soleil : il n'en resta plus qu'un nimbe opalescent dans lequel je vis s'ouvrir enfin les lèvres de Magali qui se recouvrirent en palpitant d'un or humide et chaud.

Delphine

À elle dont le visage diaphane prenait au moindre mot des couleurs rose thé et pour qui on eût aimé n'employer que les expressions surannées de dents de nacre, de teint de pêche, de regard virginal, à elle j'ai d'abord songé comme à ces amantes qui sauront souffrir : elle souriait, s'il était question de l'amour, en personne qui n'ignore pas ce qui l'attend et s'y résigne. Lorsqu'elle riait devant moi, Delphine était grave : elle sortait de son silence comme d'autres d'une chambre de prière ; et rire lui donnait aplomb et sérénité : c'était le ciseau d'argent qu'elle enfonçait entre les autres et elle pour se glisser dans le jour. Elle était là, sans rien de plus remarquable que l'évidence frêle de sa présence, et si fluette qu'on oubliait qu'elle avait un corps ou qu'une parole déplacée pourrait lézarder ce visage de porcelaine. Les eaux les plus noires devaient bientôt couler en elle, les plus violentes aussi. Elle me téléphona, un après-midi ; il y avait deux ans que nous ne nous étions revus ; une lettre insignifiante, de temps à autre, me rappelait cette adolescence sans relief et me restituait son seul sourire. Sa voix, ce jour-là, était plus blanche que naguère, plus dure aussi, et je cherchais à évaluer, à son débit comme à l'altération de son grain, les métamorphoses du visage et du corps, tout le travail du temps sur un jeune corps promis aux passions. En vain m'y efforçais-je : c'était l'étroit visage, familier et lointain, qui venait buter contre mon cœur et s'exténuer dans mon souvenir.

— Vous rappelez-vous que vous nous disiez que l'amour n'existe pas ? demanda-t-elle enfin.

Je ne sais plus ce que j'ai répondu. Mes propos me semblaient dérisoires.

— Eh bien, vous aviez raison.

Elle m'apprit qu'elle avait aimé un homme de mon âge, qu'elle s'était donnée à lui corps et âme, comme seules peuvent le faire les très jeunes filles, puis qu'elle avait été abandonnée. Elle se mit à rire.

— Tu es malheureuse, ai-je dit, bêtement.

— Mais non ; aimer, c'est savoir se résigner.

Elle n'avait pas plus de seize ans, et des mots de femme blessée. Et soudain m'apparut son visage actuel, lointain et proche tout à la fois, débarrassé des eaux amères, frémissant de ce qui m'avait toujours semblé une dérobade lente mais qui, par la pudeur de ce recul, se laissait contempler enfin dans sa vérité lustrale.

Angélique

Longtemps, j'ai cherché la beauté d'Angélique, ou, plutôt, pourquoi je trouvais belle une jeune fille qui aurait dû me laisser indifférent : un visage triste, aux joues souvent marquées d'acné, ceint de cheveux mi-longs, d'un châtain clair, fins comme du sable entre les doigts — et le bas de la figure assez lourd pour qu'on songe que la bouche tirait de ce poids toute son amertume. Avec cela une voix un peu trop haute, malgré la douceur des inflexions et l'intelligence des propos. Qu'est-ce qui, là, m'émouvait ? La grâce nervalienne du prénom, me disais-je, faute de mieux ; et ces syllabes pures qui résonnaient en moi comme le vitrail d'une église de campagne au soleil couchant me laissaient insatisfait, incapable de goûter vraiment le visage d'Angélique. Je continuais de sentir qu'il se rapportait à moi, à mon histoire, par des ramifications plus secrètes. Un jour qu'elle remettait en place, d'un geste presque las, ses cheveux qui avaient glissé sur sa feuille, Angélique soudain m'apparut telle une paysanne de Jean-François Millet, le visage fatigué, un peu buté, et résigné : ressemblance qui m'émouvait plus que je ne voulais l'admettre et dont je devinais qu'elle avait une autre source, plus profonde, plus limpide aussi. Celle-ci me fut révélée un matin, peu avant midi, à cette heure où les regards se font plus distraits. Angélique, tandis que je parlais de ma terre natale, leva vivement la tête et, souriant comme elle ne l'avait jamais fait, me regarda sans ciller ; plus que par son sourire, je fus bouleversé par l'entière ouverture de ses yeux, d'un vert sombre ou gris argent, selon l'humeur ou le temps ; et je n'eus pas besoin qu'elle me dise que nous étions originaires de la même terre pour reconnaître en ce regard ce qui depuis longtemps m'attachait à lui : outre les qualités d'une race dure, j'y voyais remuer les couleurs profondes que prend la Vézère lorsqu'elle coule sur les schistes et le granit du haut plateau, vers Siom, et que le soleil d'août y fait étinceler des paillettes de mica.

Inès

Elle s'est d'elle-même placée au premier rang, seule, avec une superbe qui me fait comprendre qu'il faudra compter avec elle. Cette haute statue sombre, aux nattes innombrables regroupées quelquefois sur la tête en arceaux compliqués, aurait pu devenir la déesse maternelle de cette morne classe : elle en a la taille, les traits épais, le hautain port de tête, le silence bienveillant. Mais c'est la faire déchoir que de lui demander de s'asseoir ; j'ai alors pitié de cet immense corps aux formes trop épanouies, plié à ce banc d'écolier comme à un pilori ; je reproche à Inès ses écarts de langage, ses fautes de français, son grand rire africain — et m'en veux de si mal supporter son odeur, très forte, dont le mélange de sueur et de parfum sucré me fait songer à la sève d'arbres inconnus. Son intelligence est tout entière dans son innocence : Inès agit et parle à contretemps ; du moins entend-elle ne pas jouer le même jeu que les autres. Elle a, pour m'attirer, des gestes pathétiques : il lui arrive, en cours, de me prendre par la main et de m'incliner doucement vers elle ; j'entends à ses oreilles le frémissement d'anneaux d'or ou de bois ; je ne respire plus ; je veux m'éloigner : elle en conçoit du dépit, se renfrogne, grogne, s'écrie que je ne l'aime pas bien. Je hausse les épaules... Malheureuse de n'être pas au nombre des favorites, Inès a entrepris de me séduire, avec ses armes à elle. Ce sont d'abord des cigarettes, offertes sitôt que dérobées ou soutirées à des camarades, et que je ne puis pas ne pas accepter ; ou bien elle s'offre à essuyer le tableau, à ranger les chaises, à porter mon cartable, même, jusqu'aux grilles du collège — et cent autres corvées de la sorte à quoi je me résigne. Un soir, elle me demande d'une voix mielleuse : « Monsieur, vous voulez savoir comment je m'appelle ? » Inès n'est qu'un prénom d'emprunt, sorte de masque blanc, coquetterie indispensable pour mieux se fondre dans la classe ; et elle prononce lentement, les yeux au ciel, un nom africain que je n'ai pas retenu mais dont les syllabes restituent à son visage sa vraie noblesse. Dévoilement qui semble insuffisant à Inès ; un autre soir, après que les autres ont déserté la salle, elle reste assise à sa place, l'air chagrin. Je la regarde en souriant, lui demande ce qui ne va pas. Ses mains, sagement posées sur la table, s'élèvent jusqu'à son cou. Je m'assois sur la table. Il fait presque nuit. Inès, avec un sourire dont je ne sais plus s'il est d'une fille idiote ou d'une femme rouée, murmure qu'elle va me faire voir quelque chose. Avec une lenteur maladroite, exaspérante, regardant droit devant elle, elle défait les boutons de son chemisier et prend dans sa paume un beau sein brun, brillant de sueur, au mamelon plus gros qu'une noisette, et qui s'abaisse et se relève doucement dans la semi-obscurité.

Sylvie

De Sylvie, je ne puis arrêter le regard ni obtenir le moindre sourire ; d'ailleurs, peut-on nommer sourire ce vague étirement de lèvres minces, qui donne un surcroît de pâleur à cette face un peu plate, à ces tempes dégagées où bat une petite veine violette, à ce long cou qu'une main semble, maladive, protéger d'on ne sait quels regards ou d'insidieux courants d'air ? Sylvie a les yeux presque noirs, et chauds, une chevelure d'un beau châtain qui tire sur le blond, la mine la plus modeste et le teint si clair que l'on croit voir affleurer à son visage les mots qu'elle ne prononcera pas. Comment ne point songer à la jeune fille de Loisy ? Devant elle, je me sens démuni, pitoyable citadin renvoyé à mes paroles comme à de pauvres bouquets : Sylvie baisse les yeux, rosit, pâlit, croise les mains, pour enfin s'enfouir dans les couleurs automnales de son nom — délicat mélange de vieil or, de camaïeu, de blanc et de rouge-brun. Jamais je ne la regarde sans un contentement un peu triste. À la fin, je le sais, je m'agacerai de cette vision toute littéraire ; je voudrai voir ce visage se dépouiller des brumes de Chaalis, des eaux de Mortefontaine, d'une mélancolie qui me fait désirer la contempler au déclin d'une journée d'octobre, quand le soleil voilé, très jaune, lui donnera sa vraie gloire. Oui, je m'irriterai de ce qui m'aura approché de ce visage pour mieux me le dérober. Foin de rêvasseries ! Je veux qu'il se donne enfin. Il suffira que Sylvie, contre toute attente, se décide à tenir le rôle de la marquise dans la pièce de Lesage pour que sa voix, bien posée, aux inflexions tour à tour graves et lumineuses, portée par les belles tournures du XVIIIe siècle, m'ouvre son beau visage et que surgisse des eaux le soleil de la langue française.

Gaëlle

La montée des deux escaliers est une épreuve redoutable pour elles qui, audacieuses, ne savent pas toujours quoi faire de leurs corps. Cela, Gaëlle le sait ; délaissant néanmoins ses éternels jeans bleus, elle porte aujourd'hui une très courte robe mauve et, gravissant les marches devant moi avec une lenteur excessive, elle ne me laisse rien ignorer des formes d'un corps menu et bien fait, et dont les jambes seraient admirables si le mouvement par lequel Gaëlle tente d'empêcher sa robe de remonter jusqu'à ses fesses n'avait quelque chose de ridicule. Voilà qui est tout près de la faire déchoir, cette fille dont le beau visage explique la souveraineté : une chevelure d'un blond de paille, longue et bouclée, un nez un peu retroussé, des pommettes qui saillent, des yeux d'un bleu outremer que ses sourires attristent étrangement. Il a plu, ce jour-là, et les élèves ont abandonné leur figure à la petite pluie de printemps. Gaëlle aussi, à qui vient l'audace des filles en fleurs. Elle monte toujours plus lentement : a-t-elle senti que j'ai peu de goût pour ses jambes et que les mouvements de sa croupe m'exaspèrent ? Nous atteignons le second palier ; elle chuchote un instant à l'oreille d'Arielle, puis se retourne vers moi : « Monsieur, savez-vous que c'est demain mon anniversaire ? » Je feins de l'étonnement et, avec le plus grand sérieux, lui demande ce que je peux faire ; je sais bien qu'elle veut enfin ce baiser qu'elle s'est déjà vanté d'avoir obtenu de moi — et que je lui donne au milieu des autres qui passent en nous bousculant, railleurs ou faussement réprobateurs. Et je regarde Gaëlle comme je ne l'avais jamais fait : elle a le sourire craintif des enfants qui, pris à leur propre piège, ne peuvent que s'abandonner ; ses joues sont écarlates, son sourire très pâle, et ses yeux, vus de tout près, à travers les cheveux mouillés qui lui cachent la moitié de la figure, ses yeux, extraordinairement brillants, ont soudain l'éclat des grands ciels marins.

Ghislaine

Elle n'est pas belle, le sait et me regarde avec le sourire de ceux qui guettent dans le visage d'autrui une improbable dénégation : pâle sourire, soumis, presque sournois à force de feinte indifférence, ouvert sur des dents si petites qu'on les dirait limées. Des cheveux blonds, raides, coupés au carré, retombant sur les coins de la bouche avec une exactitude poupine. Et un corps petit, lourd, avec des jambes torses qui la condamnent à ne porter que des pantalons. La correction d'un travail sur l'apparence et la beauté intérieure lui est à la fois torture et délivrance. La nuit tombe ; dehors il gèle ; les vitres sont embuées, les esprits échauffés ou las. Chacun va tenter de dire comment il se juge : c'est le moment des forfanteries, des aveux difficiles, des silences définitifs. Aussi n'ai-je éclairé qu'à moitié la salle. Ghislaine lève vers moi des yeux suppliants, énigmatiques, dans lesquels je ne voudrai d'abord rien lire. Regarde-t-on vraiment qui vous regarde ? Que redouter de ces grands yeux couleur d'eau verte, où les plafonniers mettent de l'or et que je ne crains plus de trouver beaux ? Ghislaine sait qu'elle a enfin retenu mon regard ; elle ne cache pas sa joie : sa poitrine, déjà trop lourde, se soulève vivement, son front n'a plus sa pâleur habituelle, ni ses joues des rougeurs maladives. Sûre d'elle, très droite dans un silence que trouble seul le bruit de ruisseau des radiateurs, Ghislaine pose son menton sur ses mains croisées et dit, doucement :

— C'est comme ça : je suis laide. Et vous le savez bien...

Nous sourions tous, et elle avec nous, soudain exténuée, comme si, en accordant l'étrangeté de ses traits avec les sonorités médiévales de son nom, Ghislaine trouvait enfin un démenti à sa laideur.

Sabine

Ce que d'emblée, j'ai vu d'elle, ou qu'elle a voulu que je voie, ce sont deux petits seins à peine voilés dans une guipure d'un autre âge. À quatorze ans, Sabine a tous les emblèmes d'une petite femme : les ongles vernis d'un rose fade, les joues poudrées, les yeux agrandis par le khôl. Ses cheveux tabac d'Espagne sont crânement relevés sur un front pur ; des lunettes d'écaille donnent un faux sérieux à ses regards moqueurs ; sa voix semble près de se perdre dans des rires. Tout en elle m'agace, délicieusement, et m'empêche de la considérer avec froideur : ce ne sont entre nous que joutes de regards, de mots brefs et, quand elle vient à moi, à la fin des cours, des affleurements desquels je me défends en la traitant comme une enfant — ce qui l'enrage, la fait trépigner ou geindre. Je finis par me lever, la prends par la nuque, serre doucement : Sabine renverse la tête pour trouver dans ma main une assise plus agréable ; tout son corps se cabre ; elle cesse bientôt de gigoter ; ses lunettes glissent sur le bureau ; sa main, qui a tenté de les rattraper, se pose sur ma poitrine. Je sens les muscles de son cou se durcir puis se détendre. La chevelure se défait, me couvre la main et l'avant-bras. Je relâche mon étreinte : Sabine tourne alors vers moi un visage que la joie a dépouillé de toute afféterie et qui se donne tout entier, dans une nudité plus blanche que la naissance de ses seins, et si crue que, d'une toute petite voix, elle me supplie de la laisser souffler.

Frédérique

L'approche de Frédérique Marchand fut une tâche longue, opiniâtre, insensée. Pas d'élève plus médiocre ni plus remarquable. Une beauté paisible, dont Frédérique semblait n'avoir pas le sentiment et qui donnait à son visage sa belle épaisseur, sa blancheur, son sourire lent à poindre comme à s'effacer — la beauté fade de ces filles du Nord au regard bleu pâle. C'était pourtant vers ce visage que, pour me délasser de mes journées, j'aimais me tourner, lorsque la longue chevelure gaufrée, d'un blond presque vénitien, se mettait à luire dans la lumière dont Frédérique, par son silence, accompagnait le déclin. Je ne l'interrogeais que du regard. Elle ne parlait que pour se faire oublier et se consacrer à la muette plénitude de son corps. Elle avait un goût extrême de la lenteur. Son regard me laissait rarement en paix ; selon que je m'approchais ou m'éloignais, il se durcissait comme de l'émail ou s'éteignait — et je devinais que la plus légère apposition de mes doigts sur sa figure ou son épaule, le moindre de mes souffles même, l'auraient rendue aussitôt à ses longs crépuscules. Au fond, rien ne lui convenait mieux que l'indifférence : un rire, un éclat de voix, un mot de trop eussent été obscènes. Et elle me serait devenue indifférente si, tel soir d'avril, m'étant attardé à remplir le cahier de textes, je n'avais senti que je n'étais pas seul dans la salle : Frédérique était encore assise à sa table, les mains sagement posées devant elle ; elle souriait et ne détourna pas les yeux lorsque je rencontrai les siens, des yeux dans lesquels la fin du jour jetait des ombres marines. Tant de placidité m'exaspérait ; je me levai, voulant en finir — mais en finir avec quoi ? Je n'étais plus qu'à deux pas : elle détourna la tête vers le couchant, l'inclina un instant vers ses mains, puis la releva, fièrement, tout en prenant dans sa paume un sein qu'elle parut soupeser. Je m'assis loin d'elle et, sans la regarder, lui demandai ce qu'elle avait. Combien de temps attenditelle avant de répondre qu'elle n'avait rien, que tout était bien ainsi ? Mais avait-elle vraiment parlé ? N'avais-je pas pris pour des paroles le bruissement des proches peupliers ? Et qu'avaisje vu briller, à contre-jour : ses dents, la peau de sa gorge, le mince bracelet qu'elle avait au poignet ? La nuit était là. Je m'ébrouai. Ma tête me pesait, mes épaules étaient endolories. N'étais-je pas seul, depuis longtemps, dans cette salle obscure ?

Marie-Hélène

Bien qu'elle ne soit pas des miennes, mais par elles amenée au porche du collège, Marie-Hélène me tend la joue ; je me dérobe et lui serre la main, étonné par la beauté de la jeune inconnue, qui prend ombrage de mon refus : son sourire se referme sur des dents parfaites, ses yeux noirs ont un éclat plus vif, ses joues se creusent. La lumière du réverbère sous lequel nous nous tenons donne à sa peau ce velouté qu'on ne voit qu'aux visages d'actrices, dans les films en noir et blanc. Est-ce ça qui m'émeut, ou bien sa voix et son petit rire aussi frais que l'est ce visage dont je continue de me défendre par des sourires et des mots aux autres adressés, mais grâce auxquels je tente d'assurer mon regard, de soutenir le sien qui se fait plus grave ou las, de sorte que je peux y trouver un appui passager, faute d'une victoire dans ce qui n'est de toute façon pas une lutte mais le commencement d'une dévotion mutuelle ? Anne, ou Béatrice, me fait remarquer qu'elles vont toutes trois au cinéma, ce soir-là, et s'indigne que je n'aie pas salué leur élégance. Mais il y a quelque chose de trop sage, de trop apprêté dans leurs robes, foulards et manteaux d'adolescentes. Marie-Hélène, les mains enfoncées dans les poches d'un duffel-coat bleu marine, semble la plus lointaine : ce manteau de peu de prix lui donne une allure si étrangement humble que je me réfère bientôt à son visage, où je trouve le plus doux démenti : elle me regarde en souriant, comme si elle n'avait pas assez obtenu de moi ou qu'elle m'en voulût encore de ma froideur. C'est alors qu'Anne me souffle, l'air pincé : « Bien sûr, nous sommes élégantes, mais ce n'est rien à côté de Marie-Hélène ! » Celle-ci lève sur moi des yeux railleurs et froids. Qu'elle me paraît insignifiante, soudain, cette blonde aux lèvres trop bien ourlées qui laissent deviner la femme qu'elle sera. Mais dès que j'ai demandé à voir comment elle est vêtue, elle entrouvre les lèvres, bat des paupières avec un formidable aplomb qui la rejette contre la nuit, et elle défait un à un les longs boutons de son manteau pour découvrir une robe rouge, fendue sur le côté d'où elle fait surgir lentement la mieux faite des jambes sur laquelle, exagérément, elle fait glisser sa main gantée de noir.

Laure

On la disait la plus belle du collège ; comme je ne l'avais pas encore aperçue, ni dans les couloirs ni dans la cour, je voulais croire que sa beauté gisait dans une grande discrétion avant de surgir soudain des eaux de maints visages, comme si pour moi elle devait mettre fin à un malentendu ou confirmer une rumeur, beauté brusquement offerte dans le mouvement lumineux par lequel Laure promettait sa proche restitution à un anonymat hautain. Un long cyprès sombre en plein midi : ainsi, amenée par les autres après quelques circulaires travaux d'approche et dans une feinte indifférence, elle vint à moi en sa courte robe noire tendue sur de petits seins fermes et des fesses étroites, se tenant le coude contre le ventre, un blouson blanc jeté sur les épaules. Son visage aux pommettes saillantes, aux yeux verts, aux lèvres minces et un peu douloureuses, se levait vers le mien où il guettait, outre les signes de son triomphe, un étonnement inconnu d'elle puis cette reconnaissance discrète qui, délivrant ses traits d'une légère crispation, rendait à sa figure sa vraie architecture, Laure soudain radieuse et mc disant, simplement, avec cette coquetterie pleine d'audace qui la forçait à se tenir sur une jambe puis sur l'autre :

— C'est moi, Monsieur.

Pema

Pema (qu'il faut dire *Pima*) a des filles de l'Orient extrême la présence discrète et contemplative. Elle ne parle que dans des souffles. Si je la regarde, c'est pour m'émerveiller de l'ovale sans défaut de cette face (car elle n'a pour moi nul profil) dans laquelle s'assemblent le silence d'une déesse et le sourire de l'ange rémois. Son regard qui luit dans des yeux sans cils, noir, brillant, telle au fond d'un temple une flamme immobile, son regard est éternellement tourné vers moi : en vain voudrait-on l'en détourner, le faire baisser, l'éteindre ; à peine si, les lèvres s'étirant pour sourire, ses yeux brillent davantage : baignée dans sa mutité lumineuse, Pema — au nom d'abord irritant, puis caressé avec passion — m'observe sans que je puisse espérer que d'elle, elle me livrera quelque chose. Rien, chez elle, qui me la rende plus humaine ou me donne l'espoir d'une complicité qui ne soit pas contemplative, ni le petit grain de beauté qu'elle a sur le menton, ni ses trop frêles membres, ni sa poitrine creuse, ni même sa voix qui fait sonner le français comme toutes les filles de banlieue mais qui, par moments trop claire, a la fragilité des gouttelettes de glace qui se brisent au printemps sur les plateaux tibétains, d'où elle vient — et cela su, Pema se met à vibrer pour moi dans son silence comme un étroit et haut drapeau de prière. Mais l'exotisme m'ennuie. Je n'ai pas cherché à connaître son histoire, la devinant close dans le récit convenu de l'exil. Seul m'importe qu'elle vienne d'une terre sacrée. Et je l'aurais rendue à elle-même si, l'ayant un jour appelée près de moi qui ne levai pas même la tête, attendant que cette petite voix se brise dans un murmure d'eau printanière, je n'avais été enveloppé d'une haleine très douce, aux qualités inconnues, à la fois vives et délicates et qui lui donnaient enfin un corps de jeune fille. Alors j'ai regardé Pema : elle respirait près de ma joue, les lèvres ouvertes, les yeux admirablement fendus, les cheveux frôlant mon bras ; sans sortir de sa réserve, elle murmurait dans une langue inconnue quelques mots dont les sonorités me ravissaient.

Béatrice

De ses longues stations sous les marronniers de la cour, Béatrice rapporte sur sa peau du pollen, des pétales, de la poussière, cent petites choses indescriptibles. On dirait que le printemps l'épuise, lui fait à tout moment baisser des paupières trop lourdes, lui étire les lèvres, et ploie vers le sol un corps délié. Elle se sourit, non par satisfaction de soi, ni conscience de sa beauté, ni même par la commisération que susciterait sa solitude ; non : rêveuse obstinée mais peu profonde (au reste plus secrètement soucieuse d'autrui que d'elle-même, et d'elle, à la longue, que d'autrui dès lors que ses grâces la rappellent au monde), Béatrice n'existe que par son sourire, qui désarme ou agace, l'offre ou la dérobe. Son corps, mélange de lourdeur et de grâce, semble lui importer peu, comme à tous ceux qui savent souffrir en souriant et qui, dans leur corps sans défaut, posent sur le monde un regard voilé.

Cette beauté alanguie m'exaspérait ; j'aurais volontiers giflé Béatrice pour briser son sourire et rendre à son corps son aplomb. Il me fallait être cruel, injuste même. Béatrice écrivait dans une lumière vive ; ses bras nus, immobiles, n'accompagnaient pas le mouvement de ses mains : elle tenait son stylo comme un pinceau et souriait sans retenue. Je crus tenir enfin ma victoire : j'avais découvert sur son cou un assez vilain grain de beauté, et je sentais que cette excroissance rouge sombre me répugnerait assez pour diminuer sa beauté ou la ruiner. Mais le grain de beauté se mit à bouger, lentement : Béatrice avait rapporté de la cour une coccinelle qui descendait à présent le long de son bras et atteignit bientôt la table ; elle l'y guidait à l'aide du stylo, avec des gestes si tendres que je me pris à sourire (sans doute étais-je heureux que sa beauté restât entière). Béatrice me regarda puis me tendit sa paume refermée ; je reçus dans ma main le minuscule insecte, qui s'envola. Béatrice haussa les épaules et murmura : « Décidément, vous ne voulez pas être heureux. »

Aude

Aude supporte si mal d'être belle qu'elle cache sa figure dans d'immenses cheveux châtains, et son corps dans de trop larges habits. De son petit visage je ne connais que la bouche, boudeuse, et les yeux d'un gris ardoise, étrangement voilés. Aude se tient mal ; sa tête l'accable, ses jambes, jamais découvertes, traînent sous la table ; son buste, recroquevillé, semble protéger des seins d'une rondeur magnifique. Jusqu'à sa voix qui, un peu rauque, ne paraisse lasse et ne dise que cette lassitude est une manière d'être au monde. Lassitude dont elle fait le quotidien éloge — au point de se trouver mal devant moi : elle pâlit ; sa tête se renverse, ses yeux se ferment et je n'ai que le temps de la prendre dans mes bras, tremblante, secouée de sanglots muets, la chevelure à présent répandue sur mon épaule. Je sens battre son cœur, aspire des cheveux qui entrent dans ma bouche, ses seins vivent brusquement contre ma poitrine. Elle s'abandonne davantage, m'oblige, rougissant, à tenir, comme celui d'une femme, son corps d'adolescente encore alourdie d'un mystère impénétrable et qui se met à murmurer contre mon cou, avec un sérieux qui n'est pas plus de son âge que le rare parfum qui nous enveloppe. Je ne sais pas ce qu'elle dit, les mots n'ont plus d'importance, le soir tombe doucement. Aude ne pleure plus ; sa tête dodeline ; elle reste trop pâle et frissonnante pour que je la laisse aller et ne serre pas encore contre moi ce grand corps délié — même si le sourire que je surprends fait toute la lumière sur cette pâmoison.

Véronique

Véronique parle peu, sourit aimablement aux amertumes récentes ou futures, et se résigne à n'être personne plutôt que d'être hélée par un prénom qu'elle hait. Prénom qui, pourtant, mieux que son beau visage blanc et nerveux, aux yeux très vifs sous une frange de cheveux bruns, m'a d'emblée attaché à elle. Prénom que je vois d'une blancheur sacrée : Véronique a des gestes d'une solennelle douceur, et le goût des longues écharpes claires qui sont comme des linges. Pas de figure plus simplement énigmatique que la sienne, vouée à la perfection lente de son image, et soucieuse de la plus minuscule vérité sur soi. Véronique est assise au premier rang, et reste plus éloignée de moi que si elle se trouvait au fond de la salle. Il arrive, lorsque je m'adresse à la classe, que je frôle par mégarde ses cheveux : elle s'écarte, comme blessée, avant de retourner à son frémissement solitaire. La blancheur de son teint ne trouble pas que moi : un garçon des plus rustres, qu'exaspère sans doute ce sourire de jeune morte où il ne voit que coquetterie, la saisit par le bras, qu'il lui tord dans le dos, et me lance : « Vous la trouvez belle ? Vous avez raison, mais elle ne vous a pas fait voir son défaut. » Et de lui découvrir brutalement l'épaule, sur laquelle je peux voir, près de la naissance du sein, une large tache de vin sur laquelle Véronique, pleurant sans bruit, les clavicules saillantes, incline la tête.

Naïma

Cette fille des Aurès a le visage étroit et allongé, des dents éblouissantes, et d'immenses boucles sombres qu'elle relève en chignon ou laisse couler sur ses joues en un faux négligé. J'aime qu'elle ait un mince nez busqué : on ose si peu trouver cela disgracieux qu'à peine s'en est-on irrité, on finit par voir là, surtout quand elle présente son profil, le signe le plus sûr de sa beauté. Et ses boucles d'oreilles : deux grappes de piécettes un peu plus ambrées que sa peau et dont le cliquetis ténu ne cesse de me ramener à elle qui semble en quête, infiniment, d'un sommeil éveillé qui l'aide à passer le temps. Naïma s'ennuie en classe, et j'ai renoncé à la tirer de sa langueur — peut-être parce que j'aime, en dépit d'un facile exotisme, son indolence de jeune captive. Si je la rappelle à l'ordre, elle redresse lentement la tête et me regarde par en dessous : ses yeux, très noirs, se rétrécissent, brillent d'une haine immédiate qui se consume vite. Il est arrivé que cette haine ne fût pas feinte. Ayant rabroué Naïma à cause d'une indolence qui touchait à l'offrande inconsciente de soi (elle était avachie sur sa chaise, la chemise bâillant sur des seins qu'on eût dits gorgés de lait), elle se redressa, furibonde et, plantant ses yeux dans les miens, cracha par terre avec une application qui lui faisait contempler, tout heureuse, le mince filet d'argent qui tombait de sa bouche. Elle me sourit ; je ne disais rien, n'avais rien à dire, contemplais ces lèvres mutines et humides qui palpitaient doucement sur des dents adorables. Radieuse, Naïma reboutonna sa chemise, s'essuya les lèvres, baissa les paupières, puis me regarda, étonnée : nous nous étions pardonné.

Gisèle

Son prénom m'a longtemps caché son visage. Il est vrai que Gisèle semble d'un autre âge ; on dirait de ces jeunes filles encombrées de leur corps et qui balancent entre une soumission absolue et la révolte — et encore cette révolte n'est-elle qu'intérieure et se trahit-elle par la raideur des gestes, des rougeurs soudaines, des yeux qui fixent interminablement un horizon qui n'est pas de ce monde. Gisèle, retenue tout entière dans son prénom fané, entend se mêler le moins possible au jeu que ses condisciples entretiennent avec moi. Elle me résiste, me méprise, n'est pas heureuse, mais trouve dans son malheur la faculté de se soustraire aux regards. La verrai-je jamais sourire ? De guerre lasse, je me résigne à l'ignorer. Tactique banale mais peu aisée : comment mes regards ne s'attarderaient-ils pas à ces courts cheveux d'un blond cendré, à ce visage pur, très digne, à ces bras ronds et frais, à cette silhouette sage sortie d'un roman de René Boylesve ? Autour de Gisèle les voix s'exténuent : douceur protocolaire ou fermes paroles, rien ne descellerait sa figure de son mur de silence. Il faudra qu'une camarade, violente, la pousse par mégarde contre une paroi de verre qui se brisa pour que Gisèle me tombe dans les bras avant de se plier sur une table, secouée de longs sanglots. Je n'ai pas vu tout de suite la petite tache sanglante dans son dos ; ses pleurs m'inquiétaient, de même que m'intimidait cette nuque délicate et frémissante, et d'un blanc aussi pur que celui des épaules que Maëlle et Sandrine m'aidèrent à dénuder et d'entre lesquelles je retirai un morceau de verre. Gisèle frissonna, voulut crier, puis s'abandonna contre moi, avec un pauvre sourire, murmurant qu'elle avait mal. Elle enfonça ses ongles dans mes paumes. Je ne résistai pas ; j'avais les larmes aux yeux : je posai doucement mes lèvres sur la plaie. Gisèle se retourna, délivrée, heureuse peut-être. Je ne m'explique pas autrement son sourire, ni le geste grave avec lequel elle tira de sa poche un mouchoir de papier dont elle m'essuya les lèvres.

Alicia

Son seul, son beau souci sera d'attirer mon regard sur ses jambes. Longtemps je m'y refuserai ; non qu'elles fussent mal faites, ni que cette brune Narbonnaise fût dépourvue de charme ; mais elle mettait à me séduire un sérieux excessif, de la gravité même : elle était, à quinze ans, déjà femme. Au demeurant bonne élève, avec cette application un peu morne qui laisse deviner la future et docile épouse. En vain traversa-t-elle l'hiver dans des shorts noirs trop justes, des collants sombres et brillants, des chandails qui moulaient une gorge peu sage. J'évitais ses yeux d'un bleu presque froid, redoutais cette chair que le moindre frôlement, ou le plus innocent regard, faisait frémir. J'affectai du mépris. C'était ne pas compter avec un caractère entier, opiniâtre. Je bavardais dans la cour, entouré de très jeunes filles, tête baissée pour échapper au soleil. Peut-être m'ennuyais-je un peu. Je n'ai pas entendu qu'on s'approchait : je voyais sans y prêter vraiment attention des chaussures de filles, lesquelles, je ne savais pourquoi, m'irritèrent. Je relevai la tête : Alicia et Marie-Agnès se tenaient devant moi, hautaines, sûres de leur fait. Je revois le visage rond d'Alicia, son air grave et soucieux — celui-là même qu'elle avait, en classe, quand il s'agissait de trouver la réponse à une question portant sur quelque problème amoureux : on eût dit que la vie du personnage dépendait d'elle. Elle finit par murmurer :

— Ne remarquez-vous rien, Monsieur ?

Je les dévisageais mais ne voyais que, nimbées de lumière, leurs figures trop maquillées. Je secouai la tête.

— Regardez mieux !

J'étais pris au piège ; force me fut de baisser les yeux sur leurs jolies jambes nues avant de remarquer (c'était cela qui m'avait irrité d'abord) qu'elles s'étaient échangé les chaussures de leurs pieds gauches.

Carine

Sportive de peu de grâce, au regard trop bleu dans un visage commun, au demeurant la meilleure fille du monde, remuante et spontanée, quelle était sa faiblesse ? Quel secret pouvait-elle me livrer ? Quelle blessure exhiber ? Le culte du corps sain m'exaspère et ce nom de Carine, de vieil or mat, qu'il me fallait à part moi prononcer Chiarina pour lui trouver de la douceur, l'éloignait de moi. Lorsqu'elle abandonna un jour ses vêtements de sport, ce fut pour reconnaître en riant que ses jambes aux muscles fermes ni ses fins cheveux châtains, ce jour-là délivrés de toute barrette, ne sauraient lui valoir les compliments que je prodigue à quelques autres. Je devinais qu'elle me livrerait quelque chose de plus intime, de plus doux. Sa poitrine ? Quand elle venait à mon bureau, elle ne manquait pas d'appuyer contre mon épaule un sein que je n'entreverrais jamais, et dont le poids et l'immédiate tiédeur m'étaient trop franchement offerts pour que j'y sente rien d'autre qu'une amicale ferveur. Il me faudrait attendre le moment, à la fin de l'année, où Carine, debout sur une table et déclamant dans le soleil de midi des vers de Baudelaire, fit mine de perdre l'équilibre avant de se jeter de tout son haut dans mes bras : c'était son corps qu'elle m'offrait et que je serrais contre le mien ; nous haletions, tremblions ensemble, sûrs de ne pas nous revoir, délivrés d'une gêne qui nous avait tenus loin l'un de l'autre pendant toute une année.

Marianne

Marianne a tenu la promesse qu'elle m'avait faite à mi-voix. Elle tire délicatement d'une poche qui est près de son sein un étroit bracelet brésilien en laine, tressé par ses soins de plusieurs couleurs bleues. Elle me l'attache au poignet droit. Je suis si ému, si fier, que j'oublie de formuler in petto le vœu qui s'impose. Nous nous sourions gravement avant de nous mettre à rougir. Marianne a le cou ceint d'un ruban de velours noir ; de grandes boucles d'oreilles argentées caressent ses joues pleines et se mêlent aux boucles brunes savamment échappées de ses cheveux relevés en chignon : elle paraît de la sorte publier sa passion pour les héroïnes de Balzac. De celles-ci elle a en outre le maintien noble et doux, le sourire éclatant, la voix mesurée, le petit pied, la flamme discrète. Mais sait-elle la magnificence de sa poitrine, la royauté de ses seins lourds et orgueilleux, logés très haut dans des balconnets fleuris que dissimule à peine une cotonnade noire et d'où monte un parfum léger ? Il fait si chaud, ce jour-là, qu'à peine rentré chez moi, je me dénude et erre dans la pénombre, le poignet délicieusement prisonnier du bracelet de laine. Je m'allonge sur mon lit, le bras replié près de la tête, soudain retenu au bord des songes par un parfum qui vient hanter ma figure et me fait frissonner : sous l'effet de ma sueur, le bracelet de Marianne me livre son secret.

Estelle

Elle aime, cette grande fille brune, le tumulte des récréations. On dirait que cette agitation éphémère lui permet d'oublier un corps qu'elle fait profession de mépriser mais dont un jean noir, très serré, révèle les formes exquises. Les mots sont inutiles : ils ne sauraient l'apaiser, lui apporter le démenti qu'elle cherche avec tant de violence et de résignation. Le reste du temps, Estelle montre une fausse nonchalance, mais suit, attentive, les cours. Son regard luit dans l'ombre qu'elle sait susciter autour de sa figure, et elle sourit comme on réprime une douleur au ventre. Avec moi elle est d'une liberté grande, n'hésite pas, dans les couloirs, à me prendre le bras, ni en classe la main pour attirer mon attention ; et si je ne la regarde pas ou ne l'écoute, elle se fâche, tape du pied, maugrée. Ce matin, les autres se pressent à mon bureau, s'y penchent, entourent mon visage de chevelures triomphales et de souffles purs. Estelle se fraie un passage jusqu'à mes genoux sur lesquels elle s'assoit à califourchon et avec tant de grâce que je n'ose l'en chasser. Elle s'empare de ma main droite ; les autres me parlent ; je nc puis surveiller ce qu'elle fait mais sens qu'elle manipule délicatement le majeur. Je la laisse faire. Elle se retourne enfin et approche ma main de mes yeux :

— Regardez, souffle-t-elle, regardez votre doigt : n'est-il pas plus beau, maintenant ?

Elle avait enduit mon ongle d'un vernis incolore ; et j'élève en pleine lumière, vers la figure d'Estelle, ce pur ongle très haut dédiant son éclat.

Blandine

On en voudra souvent à ma main et à ma bouche, plus qu'à toute autre partie de mon corps. Blandine y fut particulièrement acharnée. Il cst vrai qu'installée au premier rang, devant moi, et s'ennuyant, elle trouvait à m'épier une manière de divertissement. Il est vrai, aussi, que j'aimais avoir à portée de main cette frimousse claire, aux yeux espiègles, aux courts cheveux bouclés, dont elle mâchait obstinément une mèche pour ne pas trop sourire. Blandine n'aurait pu être assise ailleurs, c'était dans l'ordre des choses, dans l'architecture de la classe, de moi seul appréciée et que l'adolescente trouvait injuste, s'en plaignant chaque jour, soupirant ostensiblement pour s'y mieux résigner — non sans avoir, en un secret rituel, infligé à ma main de brefs coups de stylo : selon l'humeur, elle y laissait de petits points, ou de minuscules motifs géométriques, quand ce n'étaient pas de longues griffures qui, mettant la peau à vif, me faisaient frissonner et dont elle rougissait en me regardant avec des yeux de chien battu. Il y eut ce jour de colère où elle dessina, sur le dos de ma main, avec des feutres de couleur, de grandes fleurs vengeresses. Bouderie de plusieurs jours, au bout de quoi je me rendis (la faveur était insignifiante : il s'agissait de chasser de son banc à elle un importun que j'avais puni). Blandine reprit ma main, si doucement que je sentis à peine le mouvement de la plume. La sonnerie retentit. Blandine se leva, et toute rouge, s'éloigna vers la porte, se ravisa, revint à moi et me dit de regarder ma paume, dès que je serais seul. J'ouvris bientôt ma main au creux de laquelle était écrit, en courtes lettres bleues : « Je ne vous aime pas. »

Cora

Qu'avait-elle de détestable, cette Cora Parkstone, pâle et silencieuse fille du Dorset, pour que je l'aie ignorée pendant toute une année ? Jamais elle ne se défit d'une timidité que trop vite j'avais prise pour de la hauteur ; et contre elle seule, mes armes abattues, je cultivai une anglophobie qui semblait si peu l'émouvoir que je doutais qu'elle s'intéressât à ce que je disais. En vérité, devant ce regard le plus souvent vide ou pudique, cette figure d'un bel ovale, aux longs cheveux clairs, mais muette si obstinément qu'il m'arrivait, au lieu de les entendre, de puiser ses mots à ses lèvres, je rageais de ne pas découvrir la vérité d'une beauté dont je ne sentais pas que sa pudeur l'apparentait aux héroïnes de Thomas Hardy. Mais j'eus les larmes aux yeux lorsque, prenant son courage à deux mains, certaine que nous ne nous reverrions plus, Cora me dit avec un accent délicieux et un sourire qui illumina tristement son visage pour le restituer à un paysage de pâturages émeraude, de ciels gris, de falaises de craie et de landes avec des personnages en proie à des rêves tourmentés et aux mille ironies de la vie :

— Vous n'auriez pas dû me traiter comme ça, Monsieur, ce n'était pas bien.

Elle se tenait très droite, à contre-jour ; la salle était déserte ; des insectes bourdonnaient dans l'air chaud ; je voyais se soulever, sous son chemisier blanc à fleurs mauves, deux beaux seins que je n'avais jamais daigné regarder et entre lesquels elle posa — ce qui en parut augmenter le volume — une main très blanche, tachée de son. Mais là n'était pas ce qui me bouleversait. Cora, tout près de moi, regardait fixement quelque chose, au loin, quelque chose dont je sentais que c'était son mystère et que je n'avais eu ni la patience ni même l'intention de découvrir, et dont elle semblait me dire, en ce moment, qu'elle aurait pu me le faire partager. Les tilleuls de la cour remuèrent lourdement. Je regardais Cora, incapable de lui rien répondre. Avant de s'éloigner, elle posa sur ma main sa longue main blanche dont la fraîcheur me fit trembler.

Chloé

Il pleuvait depuis l'aube. Nous étions au cœur du mois de mai, dans ces jours étranges où les passions se nouent, s'exacerbent, se défont sans qu'on sache pourquoi. À leur demande, j'avais recueilli après la récréation, comme on abrite des orphelines, deux élèves de cinquième que je ne connaissais que de vue et qui ne voulaient pas aller en étude. Elles s'assirent au fond. La plus grande, muette, était une fille pâle et boulotte ; l'autre, une Antillaise au teint assez clair, aux longs yeux brûlants, aux cheveux immenses divisés en maintes nattes et au sourire éclatant malgré l'appareil qui lui serrait les dents. Je les ai vite oubliées. J'étudiais avec mes élèves de troisième un récit de Borges, *L'Évangile selon Marc* — l'un des plus singuliers, l'un des plus parfaits. Les élèves soupiraient ; il faisait chaud et nous en avions, je crois, tous assez. Mes lectrices habituelles s'étaient déjà fait entendre et nul ne voulait poursuivre à voix haute la lecture. J'allais donc lire quand la petite Antillaise leva la main. Je ne tardai pas à apprendre qu'elle s'appelait Chloé et n'eus bientôt d'yeux que pour elle. Elle reprit le récit au moment où le personnage principal découvre une Bible. La pluie avait cessé ; il régnait dans la salle une lumière d'après le déluge ; le silence se creusait pour mieux accueillir cette voix d'ange, d'abord un peu haletante mais qui peu à peu s'imposa avec une autorité souveraine. Les plus veules s'étaient redressés et regardaient Chloé que je n'osai interrompre pour de rituelles questions sur le texte. Je ne pouvais détacher mes yeux de cette enfant au visage ouvert, frémissant, grave, dont on voyait bien qu'elle était au bord des larmes, et nous avec elle — émus de la leçon qu'elle venait de donner à ses aînés autant que de cette histoire épouvantable. Inquiète et heureuse, la bouche entrouverte, on aurait dit qu'elle avait découvert que le monde ne se réduisait pas à des rêves d'enfant. Une veine bleutée battait à son cou.

Nadège

Nadège n'a qu'un souci : s'envelopper. Dans son prénom, d'abord, aux sonorités gris clair, suscitant l'hiver, surtout à le rapporter à des consonances russes qui disent, je crois, Nadejda, l'espérance. En elle-même, aussi, emmitouflée dans des chandails immenses d'où elle ne laisse dépasser que le bout des doigts, et dans des cheveux gonflés qui ne font paraître que des joues rondes, un petit nez et des lèvres éternellement boudeuses. Ses yeux, je les ai rarement vus : Nadège s'abritait dans un silence dont elle ne sortait, sur mon ordre, qu'en montrant de sa tête inclinée le seul œil droit, intelligent, très brillant, et furieux qu'on puisse la distraire de son silence. Au reste rétribuant ce silence par des travaux écrits exceptionnels. Cet œil et moi conclûmes un tacite accord : je laisserais Nadège à son mystère ; en échange, elle sourirait. Avec les beaux jours, le sourire se fit narquois. Nadège découvrit ses mains, puis ses avant-bras, enfin son cou. Je surpris des bavardages avec sa voisine. L'œil devenait provocant. Je trouvai bon de manifester de l'humeur. Je déplus. On s'étonna de ma sévérité : j'exilai Nadège au premier rang, près de la fenêtre. J'étais souvent distrait de mes propos par les mouvements étranges de cette tête dont les cheveux en bataille s'agitaient plus que de raison. Je me fâchai. Nadège éclata en sanglots. Je m'approchai ; elle détourna la tête. Je soulevai ses cheveux. Elle eut une longue plainte. Enfin elle me fit face : l'œil gauche et une partie du front étaient plissés, affreusement, par des traces de brûlures. Elle murmura :

— Vous êtes bien avancé, maintenant !

Je ne la savais pas si belle, si douloureusement belle. Je posai mes lèvres sur la cicatrice. Nadège recula, étonnée, le souffle court, baissa la tête, puis la releva, les yeux grands ouverts.

Bénédicte

Bénédicte me montre un sérieux extraordinaire. Il n'est pas rare qu'entrant en classe, elle se détache du rang pour arranger mon écharpe, me faire remarquer que je ne me suis pas rasé ou que je fume trop. Lèvres pincées, regard ferme, gestes sûrs : on dirait que cette fille de bonne famille cherche à corriger en moi ce que réprouvent ses principes. Je blesse souvent ses sentiments, ses petites vérités : sur son front lisse j'aime à voir s'accumuler des nuages d'où peu à peu, grave et lumineuse, émergera l'étroite figure aux yeux noisette. C'est là entre nous une procédure inaugurée d'entrée de jeu. S'il m'arrive de faire pleurer Bénédicte (elle hait que je l'ignore, l'appelle par son patronyme, la vouvoie), cela n'a rien de grave : elle apprend que tout plaisir se paie ; aussi aime-t-elle ses larmes, qu'elle ne ravale pas et à travers lesquelles elle continue de me défier ou de me réprimander. À la fin ses exigences sont plus abruptes : un soir, elle vient me trouver après le cours pour obtenir de moi un objet, n'importe lequel, qui m'appartienne. Son sérieux, elle l'a jeté aux orties : elle minaude et supplie comme s'il y allait de sa vie. Je suis pris au dépourvu, ne veux pas comprendre. Gestes d'impatience, paroles distraites : Bénédicte, au bord des larmes, s'en va sans rien ajouter. Le lendemain, son visage est clair. Dès qu'elle pénètre dans la classe, elle me dérobe mon écharpe, court à sa place et s'en entoure le cou avec un bonheur si manifeste que je baisse les bras. Elle garde pendant toute l'heure cette pauvre oriflamme — rayonnante, belle et presque niaise, avec des coquetteries qui ne lui siéent guère. Quand elle vient me la rendre, elle a, pour me la passer autour du cou, où s'enlacent nos odeurs, des gestes de femme reconnaissante.

Séverine

On ne regarde pas Séverine : on se heurte à son visage, on ploie, on abdique devant lui. Toute sa beauté est dans sa peau, d'un velouté parfait (j'ai rarement vu comme là l'évidence métaphorique de la peau de pêche), et dans ses lèvres, gonflées, avec ce rien de bouderie qui s'accorde si bien au bleu un peu froid de ses yeux, à son front dégagé, à ses longs cheveux lisses. Sa figure est éclairée d'un sourire indéfinissable, mélange de hauteur et de paix intérieure. Oui, Séverine se sourit à elle-même, en une contemplation dont rien ne peut la tirer. Je m'y casserais les dents. J'en suis d'autant plus dépité que son regard sait briller, moquer, ou demeurer ouvert et fixe, défiant le mien assuré à ce jeu d'une sempiternelle victoire. Je voudrais amener ce visage à composer avec les autres, le restituer au frémissement de la classe. Son équanimité m'est insupportable ; je n'ai rien à reprocher à Séverine ; sa beauté, même, grandit ; ses gestes, très lents, ont une grâce que je trouverais maniérée chez toute autre fille. Je voudrais la blesser. Séverine demeure, dans la classe, cette lumineuse vierge, à elle-même ravie. À la fin de l'année, j'ai coutume de faire lire des récits de Maupassant. L'un des plus émouvants est *Pierrot*. J'aime lire à voix haute le martyre de ce pauvre chien ; je m'en émeus si bien que j'ai souvent peine à retenir mes sanglots. Ce pathos, je le recherche et le réprouve. Je sais que, la lecture achevée, nombre de mes élèves auront les larmes aux yeux, que nous ne dirons rien, que nous n'aurons pas le courage de nous regarder. Je fais semblant de m'intéresser au trajet d'un avion, très haut dans le ciel ; puis je me tourne vers Séverine qui me regarde, les yeux immobiles ; des larmes roulent sur ses joues. Je lui souris. La sonnerie ne nous délivre pas. Séverine se redresse lentement ; peut-être attend-elle que les autres soient tous sortis pour s'approcher de moi, le visage blême, le regard plus dur que jamais : dureté dont j'ai tôt fait de voir qu'elle est tournée contre la jeune fille elle-même et que démentent presque des paupières écartées par on ne sait quel effroi. Elle s'arrête, la bouche plissée, lève brusquement la main vers ma figure, la retient, rougit, secoue la tête, puis s'en va, mesurant la vanité des victoires et des défaites.

Katia

C'est en répondant à quelque bourrade de ma part que Katia a découvert que je suis chatouilleux ; non qu'elle se montre volontiers familière ; de sa lignée polonaise elle tient sa réserve, son audace, son intelligence des situations extrêmes et une blondeur magnifique, un visage aux pommettes saillantes, des yeux d'eau claire. Depuis qu'elle connaît ma faiblesse, c'est devenu, entre les cours, un jeu pour elle, comme pour deux de ses camarades, que de me faire plier l'échine. Rien que de mesuré ou de léger dans ces gestes furtifs autour de ma taille et de mes bras. Katia et ses amies se vengent simplement de remarques acides, de tapes sur la tête, de châtiments très doux. Mais je n'y résiste pas — et elles s'y prennent si bien que je m'incline, me réfugie dans un coin où souvent je m'avoue vaincu, faussement humilié. Ou blessé comme en ce jour où je trébuchai, heurtai du front le robinet d'un radiateur, révolté d'autant souffrir et m'abandonnant aux bras de Katia qui ne put qu'accompagner ma chute. Ses jambes, dont je découvrais la fine vigueur, étaient serrées entre les miennes ; ses avant-bras reposaient sur ma poitrine ; et son tee-shirt bâillant, elle m'offrait la sienne (offrande dans laquelle je ne voulais encore voir que le désir de se faire pardonner) dont les pointes semblaient briller, roses, presque nacrées. Elle me regardait la regarder, et rougissait un peu, tandis que je sentais avec reconnaissance un mince filet de sang me diviser la joue.

Roxane

Silencieuse Roxane, toujours vêtue de noir, le dos cambré, une main posée sur l'autre : elle me faisait songer, dans ce coin lumineux de la classe, à une très jeune femme attendant dans une gare de la campagne russe un train qui ne l'éloignerait pas d'elle-même. Avec un prénom difficile, des cheveux bruns coupés très court sur un côté, des yeux immenses et le plus éclatant des sourires, elle ne pouvait que me mettre à ses pieds. Je ne m'approchais jamais d'elle sans trembler un peu ; non que je la redoutasse ; elle avait trop de courtoisie, à seize ans, pour qu'avec elle je puisse jouer comme avec les autres. Elle savait se montrer enjouée, moqueuse même ; pourtant on aurait dit qu'elle craignait sa propre voix, d'abord mate et bien timbrée, mais qui ne tardait guère à s'envoler, trop claire et riche, tel un oiseau de paradis. Roxane en rougissait, secouait ses boucles, et trouvait la force d'en sourire, lèvres et menton en avant, paupières closes à demi. J'étais plus que de raison fasciné par ses grands yeux sombres ; elle ne l'ignorait pas, en tirait même de la satisfaction. Mais elle eût haï d'être de mes favorites : il lui aurait fallu déchoir, que s'instaure entre nous une inconcevable familiarité. J'aimais qu'elle garde son rang. Quand elle décida, au printemps, de porter de courtes jupes, je sus vite que mon admiration resterait inentamée : Roxane avait des jambes parfaites, longues, nerveuses. Tout serait resté dans l'ordre si, m'étant penché vers sa voisine qui implorait mon aide, je n'avais eu soudain sous les yeux les mains de Roxane, marbrées de rouge avec, sur le dos de la droite, deux ou trois de ces grosses verrues pour lesquelles j'ai gardé, depuis une enfance qui en fut affligée, une répugnance extrême. Roxane surprit mon regard ; elle pâlit, mais ne fit aucun geste pour me cacher sa main. Je fus sur le point de la haïr. Elle se sentit presque coupable, puis leva vers moi ses yeux immenses dans lesquels je vis briller des larmes qui, tombant sur la main, y effacèrent les sinistres excroissances.

Valérie

À Valérie qui traversait les jours dans un silence d'or, je devrais élever un cippe fervent et me taire. Elle reste la plus belle de toutes mes élèves — et sa beauté, sertie dans une intelligence médiocre, avait un singulier pouvoir de discrétion. Belle, Valérie l'était extraordinairement : grande, avec des formes exquises, des cheveux d'un blond de paille fraîche retombant simplement autour d'une figure d'un ovale allongé, et des traits si réguliers qu'on devait se référer à ses grands yeux gris et vides pour y trouver un défaut consolateur. En vain : la froideur du regard lui tenait lieu de profondeur et nous renvoyait à notre humaine mesure. Elle suscitait un respect immédiat. Je n'avais pas pour elle cette vive affection que je donne à mes autres filles ; je ne l'interrogeais guère, lui parlais peu, redoutais que la voix ne trouble cette eau dormante. Le printemps vint. Valérie me demanda si elle pouvait refermer la fenêtre : l'odeur de l'herbe fraîchement tondue, le piaillement des oiseaux, la lumière enfin, tout cela nous tournait la tête. Valérie se leva : elle portait ce jour-là, coupé dans un jean bleu, avec de longues barbes de tissu, un short très court ; ses jambes prirent, à contre-jour, une couleur crème et la lumière souligna à l'entrejambe ses plus secrets replis. Elle se rassit, retrouva son silence. C'est à ce moment que je l'ai vraiment regardée ; ses cheveux étaient relevés en un haut chignon ; elle avait aux oreilles deux simples boules rouge vif qui soulignaient, autant que le carmin des lèvres, l'admirable pâleur de la figure. Elle soutint mon regard ; les autres restaient cois ; on entendait au-dehors le bourdonnement d'une tondeuse ; l'après-midi n'en finissait plus. Alors je dis à Valérie, le plus clairement que je pus, mais sans la regarder dans les yeux :

— Si tu savais comme tu es belle !

Elle rougit violemment, détourna les yeux, baissa la tête et serra les poings : elle était au bord des larmes. J'avais, en dérangeant l'architecture hautaine de ce visage, troublé l'ordre des choses. Je ne pouvais plus parler. Quand j'osai regarder à nouveau Valérie, je sus, à l'infime sourire qui fit frémir les coins de sa bouche, qu'elle ne me changerait pas en cerf.

Charlotte

La beauté de Charlotte, c'est l'ensemble des gestes espiègles dont elle entoure son visage — et, pour être juste, dont elle voudrait cerner le mien. Ne cherche-t-elle pas de la sorte à faire oublier un corps trop menu afin de m'attacher à sa seule figure, qui est d'une douceur incomparable ? Il faut l'avoir vue replier ses mains sur sa poitrine trop plate pour ne plus résister à ces yeux implorants ou rieurs, à ces cheveux tirant sur l'acajou, à ce collier de perles d'un vert pâle qui semble préciser la qualité juvénile de sa chair. Elle a sa manière à elle de s'approcher, de se blottir sans en avoir l'air contre mon flanc et de renverser vers moi sa frimousse. D'ordinaire assez calme, elle aime précipiter les choses ; et quand je suis près d'elle, il me semble que j'ai pénétré dans le feuillage d'un tremble remué par le vent. Pour peu que je la délaisse, elle fait mine de se fâcher, me donne une bourrade dans l'épaule ou le ventre — ce qui paraît l'exténuer et l'émerveiller tout à la fois. Elle frappe si fort, par moments, qu'elle titube, s'accroche à une patère ou à moi qui, ce jour-là, fort distrait, titube à mon tour avant de m'effondrer doucement avec elle sur la table et de sentir contre le mien ce beau visage stupéfait, aux grands yeux écartés, à la bouche entrouverte dont les lèvres palpitent tout près des miennes.

Stéphanie

Celle-là, ce n'est pas une caresse qui l'effraie — avec les yeux seuls, qu'elle a très noirs, profonds, ombrageux ou rieurs, au point que je n'ai besoin de regarder rien d'autre pour connaître l'humeur de l'effrontée. Son visage est pourtant une belle récompense, oiseau mutin dans le soleil levant, qui vient poser sur moi un regard attentif. Ce commerce des yeux, Stéphanie s'en lassa ; bientôt elle se montra fière, exigeante, s'assombrit ou s'abandonna à une joie extrême. Cherchait-elle, à l'étroit dans un corps aux formes pleines, des gestes qui la délivreraient ? Brutale ou alanguie, elle se donnait tout entière au tumulte de ses sens, qu'elle ne contrôlait pas, ne le voulant d'ailleurs pas, étant de ces êtres qui savent trouver dans un beau désordre une rétribution inespérée. Avec les garçons ses jeux étaient bien sûr excessifs, sous des dehors enfantins. Ainsi vint-elle à moi, le front humide d'une lutte qui lui avait coupé le souffle, et rayonnante, pour se plaindre de ce qu'on avait défait son soutien-gorge. Espérait-elle que je le remettrais en place ? Nous avions tous deux le regard posé sur ses jeunes seins aux pointes dures, qui se soulevaient librement et que, pour m'attendrir, elle gonflait sans retenue. Je voulus qu'elle aille se rhabiller dans le couloir. Elle demeura un instant devant moi, dépitée, les bras ballants, maugréant que décidément je ne la comprendrais jamais. Sans doute avait-elle remarqué combien j'étais ému ; elle ferma les yeux à demi, avec un petit sourire ; puis elle posa la main sur mon bras et se mit à trembler si bien que je portai la main à son dos, à l'emplacement de la fermeture défaite ; nous eûmes le même frisson et je sentis dans ma paume l'extraordinaire douceur de ce dos dont m'étaient révélées les proportions exquises.

Anne-Lise

Encore une enfant — et je l'imagine plus tard une délicieuse femme-enfant — par la maigreur de ses jambes et de ses bras que je verrai croître de mois en mois, et par la délicatesse extrême des attaches, du cou, des tempes aux veines pastel, par l'immensité enfin des yeux aux aguets sous des lunettes aux montures vertes, allumant dans une figure mince et nerveuse de fréquents feux de joie. Et une bouche aux plis déjà altiers. Oui, une enfant, que j'ai d'emblée aimée parce que telle, révérant son seul visage malgré ses inconscients efforts pour me montrer qu'elle avait un corps, par exemple lorsqu'elle me bourrelait l'épaule de ses poings minuscules, afin de voir, disait-elle, si j'étais aussi fort que son père. Je la serrais contre moi avec le pauvre bonheur de ceux qui n'auront pas d'enfant, enfouissais ma figure dans ses cheveux, sentais battre sous ma main un cœur tranquille. Je la voulais enfant, exclusivement : toute allusion à sa féminité future m'aurait semblé impie. Et ce fut cette enfant que je pris dans mes bras, étonnée, ravie, laissant couler sa chevelure claire, la tête renversée avec un petit bruit de gorge qui rappelait celui d'une fontaine, et que je portai à la jeune stagiaire qui se trouvait, ce jour-là, au fond de la salle et à qui, l'ayant élevée le plus haut que je pus dans la lumière d'hiver, je l'offris avec des larmes de joie.

Éliane

Dans cette classe où je m'ennuyais souvent (une de ces classes qu'on dit mortes), j'avais fini par ne plus m'adresser qu'à un bouquet d'élèves, devant moi, parmi lesquels Éliane, la belle et sage Éliane aux courts cheveux bruns, aux joues fraîches, aux yeux gris-vert, pailletés d'argent dès qu'elle tournait la tête dans la lumière ; et aux gestes mesurés, avec pour seule coquetterie un mouvement qui n'était qu'à elle et par lequel Éliane s'étirait discrètement, le bras droit posé sur le gauche, une main accrochée à l'autre et remontant peu à peu vers l'épaule comme si elle tirait sur son bras un long gant. Je parlais ce jour-là du suicide de Sénèque ; j'avais l'âme noire et pestais sourdement contre cette classe silencieuse. Mes paroles furent excessives : j'en vins à expliquer que, pour ne pas se manquer, il fallait s'ouvrir les veines dans le sens de leur longueur afin que le sang ne coagule pas. Quelques fronts se plissèrent, des bouches s'entrouvrirent ; l'ombre gagnait la salle et, entre tous, brillaient les yeux d'Éliane, si singulièrement que j'ignorais si elle était émue ou si, sortant de ses songes, elle s'appliquait à me sourire pour se faire pardonner son inattention. La sonnerie nous dispersa. Alors je vis s'approcher la fille au nom de sous-bois, l'air mi-défait, mi-suppliant, qui me tendait ses avant-bras ensanglantés de l'encre rouge avec laquelle elle avait dessiné le parcours de ses veines.

Carole

Comment pardonner aux dents de Carole de ruiner, lorsqu'elle souriait, les douces proportions d'un visage très blanc ? Je me heurtais toujours à cette bouche aux lèvres pleines et humides, dont je redoutais qu'elles ne me livrent l'imparfaite dentition ; je cessais brusquement de sourire, ou détournais les yeux : le sourire de Carole se figeait, son front se plissait et elle ramenait entre ses lèvres une boucle de cheveux qu'elle mordillait en silence. Ce fut, de semaine en semaine, la plus douloureuse dérobade : je ne cherchais le visage de Carole que pour le rejeter aussitôt que j'y sentais poindre un sourire — un peu comme on agace de la langue une dent malade. Sans doute souffrions-nous tous deux, elle de ne pas vraiment comprendre, et moi de ne savoir comment la regarder. C'était sans compter sur le génie adolescent. Je venais de lire à haute voix une page dans laquelle Colette évoque ses camarades d'école et je montrais aux élèves que si l'habit fait souvent le moine, l'apparence peut être délicieusement trompeuse et comment le mépris, par exemple, peut se faire jour dans un visage d'ange. Exemple trop singulier pour qu'il ne tisse pas entre Carole et moi un lien plus sombre, secret, douloureux. Je ne regardais plus qu'elle qui penchait sur son livre une tête chagrine qu'elle relevait de temps à autre, avec un sourire inquiet. Lorsqu'elle vint me rendre son travail, elle n'attendit pas que les autres soient sortis pour me dire, d'une voix très claire :

— Monsieur, je vous méprise.

Et elle souriait, toute rose, sans chercher à cacher ses dents. Je ne pouvais pas ne pas la regarder. Je finis par murmurer :

— Eh bien, qu'attends-tu ?

Elle ne répondit rien ; je souris à mon tour, sans retenue, du sourire patient des vaincus. Le visage de Carole frémissait ; je posai sur son épaule, tout près du cou, une main qu'elle emprisonna avec son menton.

Alexandra

Alexandra est toute petite ; elle affecte d'en souffrir parfois, ostensiblement ; mais elle est trop joueuse pour s'en ronger les sangs — et trop jolie. Plus tard, on dira d'elle que c'est une petite brune piquante ; pour le moment, elle cherche à habiter au mieux son corps gracile, à grand renfort de fard, de fond de teint, de rouge à lèvres, de pantalons serrés, de cotonnades moulant une poitrine pleine sur laquelle elle aime river les regards. La voix est très claire, le rire aigu, les gestes souvent excessifs. À de pareils efforts il faut une récompense qu'elle quémande partout et même à moi qu'elle irrite autant qu'elle séduit. Sans doute voudrait-elle qu'ensemble nous résolvions ce paradoxe : la considérer comme une grande fille alors qu'elle se montre désinvolte, voire fumiste. Tour à tour sérieuse et arrogante, ou encore odalisque sur sa chaise et sa table, rien n'y fait : je ne peux la considérer à l'égal de ses condisciples, hautaines et déjà femmes. Alexandra m'en veut, refuse l'infamant diminutif d'Alex et ce « ma grande » qui est pour moi la marque de la tendresse dont j'entoure les filles. Elle se renfrogne, clame que je suis injuste, cruel, désespérant. Elle m'apparaît alors si voluptueusement enfant que je lui réponds : « Mais bien sûr, mon bébé. » Je frissonne. Vient alors la plus étrange délivrance. J'ai à peine prononcé ces mots qu'Alexandra se redresse, furieuse, puis le visage épanoui, au bord des larmes, des larmes de joie qui appellent les miennes ; et nous nous sourions sans retenue, proches soudain l'un de l'autre, elle qui accède enfin, par antiphrase, la poitrine bombée, les yeux clos, à son statut de grande fille et moi qui vois en elle non plus une gamine aux sens exacerbés, mais une belle adolescente en qui je continue d'adorer l'enfant.

Lucie

Lorsqu'elle se penche à mon bureau pour m'embrasser, Lucie a des gestes de femme : elle retient d'une main sa lourde chevelure brune, l'entrouvre sur un visage lisse, aux lèvres humides encore d'avoir été mordillées, et pose l'autre main sur des seins qu'elle semble offrir tout en me les cachant à demi. Elle ne dit rien ; son sourire est bref ; son regard ne s'attarde guère ; peut-être ferme-t-elle les yeux quand elle m'embrasse avant de s'éloigner dans sa jupe plissée, bleu marine à pois blancs, qui retombe en vagues courtes sur des fesses et des jambes fermes. Fille grave et réfléchie, qui s'offusque de mon cynisme et que mon ironie désarme (aussi a-t-elle souvent l'allure d'une princesse à sa plus haute tour), Lucie a cependant pris l'habitude, à la fin de chaque journée, de venir me baiser les joues. Je baisse alors les paupières pour mieux m'envelopper de sa fraîcheur, comme on descend, au soir, dans l'eau d'un fleuve. Le reste du temps, Lucie m'écoute, lève parfois le bras, tente de me contredire ; ou bien elle montre sa réprobation — surtout s'il est question d'amour, d'épousailles, d'enfantement. Il est vrai que j'ai l'art d'agacer ; lorsque, par exemple, je demande qu'on imagine les personnages de Marivaux dix ans après, dans les douteuses joies du mariage, avec une progéniture nombreuse, les garçons ricanent, les filles haussent les épaules ou s'indignent. L'une d'elles me lance :

— Ça vous est facile de parler comme ça, vous qui n'avez pas d'enfants et n'en voulez pas. Mais tout le monde n'est pas comme vous !

À peine ai-je le temps de rétorquer qu'il est peut-être plus difficile de ne pas avoir d'enfant : Lucie s'est redressée, le visage empourpré, puis blême ; en proie à un mélange d'indignation et de pitié, elle me dit :

— Mais alors, vous mourrez seul ?

Elsa

Je chérissais en Elsa deux qualités et un défaut — et ne l'aimais sans doute que pour cela : son sourire qui creusait deux fossettes à ses joues blanches et une haleine qui me faisait songer à la lumière de l'enfance. Quand elle souriait, Elsa montrait des dents que je trouvais d'autant plus belles qu'une des incisives était légèrement avancée et de biais ; cette dent retenait la plus vive part de mon attention : j'imaginais comme on devait la sentir lorsqu'on lui baisait les lèvres. Elsa demeura deux années à la même place, soutenant froidement mon regard, ou s'y soumettant avec grâce, jusqu'à ce qu'elle se révolte : fossettes et incisive ne parurent plus. Et nous nous heurtions si souvent qu'Elsa, plutôt que d'être chassée, préférait vider les lieux. Je la savais l'enjeu de règlements de comptes familiaux qui me faisaient horreur et devant quoi j'étais impuissant. Nous ne nous haïssions que pour de courts moments ; je redoutais par-dessus tout ses regards fuyants, son indifférence, ou sa tristesse. Nous décidâmes de nous ignorer : c'était pour mieux nous tolérer, ne pas nous placer devant l'irrémédiable. Elle traversa un jour la cour à grandes enjambées. Elle s'arrêta pour glisser sans rien dire dans ma poche cette lettre : « Je suis désolée pour ce qui s'est passé. Je suis vraiment idiote. Je vous écris car je ne pourrais pas tout vous dire en face. Je suis malheureuse ; mais pourquoi m'être vengée sur vous ? Je vous envie tellement, vous vivez comme vous voulez. Vous êtes tellement sûr de vous que je ne peux m'empêcher de vous détester, sans vous haïr vraiment. À chaque fois que je vous vois, j'ai envie de vous traiter de tous les noms, de vous battre. Quand vous avez parlé du suicide, l'autre jour, je vous ai encore plus haï, car vous savez ce que c'est, vous, alors que tout le monde en parle dans le vide. Laurence, elle, sait ce que je voudrais vous dire. Je ne peux rien faire pour changer ma vie, ni ma façon de me comporter avec vous, et Dieu sait combien je vous admire. » Nous ne devions plus la revoir. C'était un fade jour d'avril. Le vent faisait tourbillonner la poussière de la cour. Le soleil était d'un jaune sale. Les oiseaux tournoyaient en criant dans le vide.

Claudine

Les années l'ont rapprochée de moi. Je veux l'imaginer heureuse et, bien que je ne l'aie jamais revue, m'attarder calmement à son visage. Claudine avait la beauté crispée de celles qui ne seront pas belles : un visage plus calme que régulier, un peu fade, avec de doux yeux marron sous une frange de cheveux courts et bouclés, des lèvres minces. Sagement habillée de jupes bleu marine plissées et de chemisiers aux couleurs pastel, Claudine ne pouvait m'être qu'indifférente. Ses charmes paraissaient se soustraire les uns les autres ; tantôt j'espérais voir en elle une blanche jeune fille de Francis Jammes errant dans une époque brutale, tantôt je la maudissais de ne pas mériter son nom, de n'être pas digne de l'héroïne de Colette. Mais il m'était difficile de l'ignorer, d'oublier qu'elle s'était mis en tête de m'aimer. Amour que je piétinais, ayant la terreur de ces souffrances-là. Je ne regardais plus

Claudine, qui se retira dans une souriante réserve. Elle ne m'abordait plus, les mains et le visage frémissants, la voix cassée, pour m'entretenir de choses que j'écoutais à moitié, le regard ailleurs, le plus souvent tourné vers les pluvieux pâturages ou les murailles sombres des aciéries. Oui, pensais-je, nul être ne mérite de vivre dans les flammes. Je feignis d'être occupé. Jamais je ne la vis pleurer, ni froncer les sourcils ; jamais un reproche, ni la moindre faiblesse ; elle sut dépouiller son amour de tout ce qu'il avait de juvénile et de mièvre. Je la vis tressaillir, un matin, au commencement d'une heure grise ; puis le plus singulier sourire illumina son visage tandis que des larmes roulaient sur ses joues. Elle me regardait sans ciller, et son sourire, s'il ne me rassurait pas, me permettait de faire semblant de ne me pas soucier d'elle. La salle se vidait lentement. Claudine n'avait pas bougé ; je m'approchai ; elle se leva, les mains croisées devant elle comme une enfant. Sur la table on pouvait voir des gouttelettes vermeilles. Je pris la main de Claudine : une agrafe y était plantée entre le pouce et l'index. Elle avait supporté cela pendant toute une heure, et elle continuait de me sourire, les yeux à demi voilés. Elle murmura :

— Je l'ai fait pour...

Je lui coupai la parole pour dire, sourdement, que je savais... Mais je ne voulais rien savoir et je frissonnais, incapable d'en entendre davantage. Je la laissai s'en aller, pitoyablement heureuse, et moi attendant dans la salle à présent obscure des sanglots qui ne viendraient pas.

Christel

Christel a voué sa menue personne au culte d'une célèbre chanteuse de rock. D'une cascade de cheveux blé mûr qui lui tombaient sur les reins, elle n'a gardé que quelques boucles et une courte frange, qu'elle décolore ; elle s'est fait la bouche mince, incarnate, les paupières sombres, les ongles noirs et des airs si languides qu'on avait toujours l'impression, quand on lui parlait, de rappeler au siècle une femme en prière. J'aimais cependant qu'elle eût la voix un peu rauque, cette voix qui, du temps où elle daignait parler en classe, s'accordait à merveille à la pâleur de ses yeux qui avaient alors des reflets sombres. À présent, Christel croirait déchoir si elle m'accordait plus de trois mots ou qu'elle arrêtât sur moi ses regards lointains. Esseulement puéril, que nous réprouvions tous : dans la cour, dans les couloirs, en classe même, elle baissait les paupières et s'absentait derrière elles, la tête légèrement renversée, pour fredonner, muette, les chants de son idole. Cela me fut bientôt insupportable. Je voulus la raisonner, la rappeler à elle-même — et à nous autres. Elle regardait par les grandes baies ouvertes. Je la secouai : elle eut un petit cri, ouvrit tout grand les yeux, me sourit, l'air égarée ; ensuite, en un étrange mouvement par lequel elle s'éloignait puis se rapprochait de moi, elle se mit à danser, puis à chanter lentement, sans me quitter des yeux, de plus en plus fort, avec des mouvements toujours plus langoureux, m'offrant d'un air perdu sa bouche mûre, ses cuisses serrées dans la résille noire et sa frêle poitrine sur laquelle elle avait défait plusieurs boutons, avant de me prendre le visage entre ses mains gainées de mitaines en filoselle noire et chargées de plusieurs bagues. Elle éclata d'un rire suraigu qui dissimulait mal de brefs sanglots. Elle secoua la tête, me regarda avec une arrogance extrême, soupira profondément. Elle se caressa un instant le ventre puis me demanda de l'excuser. L'air tiède d'un soir de mai nous baignait la figure.

Sophie

Des rumeurs considérables ont précédé Sophie dans sa nouvelle classe : une vive intelligence, de la beauté, de l'insolence, et surtout le goût des choses interdites. Nous avons découvert une grande fille de seize ans, aux cheveux clairs, au regard souvent fixe et vide, plutôt boulotte et anxieuse d'échapper au poids des jours par des mouvements rares, lents et gracieux, et résignée à ne pas être laide. Les premiers temps, elle donna la mesure de son esprit pour mieux se retirer dans ses songeries — des stupeurs, plutôt (car je savais que Sophie usait de drogues, qu'elle payait avec son corps). S'absenter, là ou ailleurs, était son unique souci, la tâche silencieuse de toutes ses journées ; et son absence avait une qualité singulière, entre la souffrance physique et un improbable ravissement, le corps soutenu d'une incandescence intérieure dont témoignaient la blancheur soudaine des ongles et des joues, ou certain rosissement des doigts, des oreilles, du cou. Oui, Sophie s'appliquait à disparaître en souriant, comme les suppliciées des joies extrêmes, les saintes. On voulut que je lui parle. Je lui offris une cigarette ; elle fuma silencieusement, en demanda une autre ; nous fumâmes ensemble. Sophie regardait les tours de béton ; le soleil la rejetait au plus sombre de la salle ; elle attendait. Je ne savais que lui dire. Enfin j'eus ces quelques mots :

— Est-ce vrai que...

— Quoi ? Que je me shoote ? Que je couche avec des vieux ? Vous aussi vous avez envie de moi ?

Et d'un geste rageur elle releva son tee-shirt ; j'eus l'impression (comment le dire autrement ?) d'entendre frémir ses seins. Je n'avais pas quitté Sophie des yeux ; elle avait sur les lèvres, le plus pâle, le plus pauvre des sourires ; ses paupières tremblotaient. Elle me regardait sans me voir, penchait la tête, respirait avec peine. Elle ne s'offrait pas : elle se rendait. Que dire à qui renonce à soi ? Je m'assis sur la table, tout près d'elle ; un vent léger remua le grand rideau blanc. Sophie recouvrit ses seins, ferma les yeux et posa doucement sa tête sur mon épaule.

Cécile

J'étais dépité qu'elle ne lève jamais les yeux vers moi. Elle entrait en classe le regard droit, assez froid (le gris-bleu de l'iris souligné par un trait de crayon violet), la lèvre dédaigneuse et rouge d'avoir été mordillée. Je m'efforçais de la trouver détestable, trop petite, courtaude même dans sa veste et sa courte robe noires ; mais son nez retroussé me rappelait à l'ordre. Assise, Cécile ne me regardait pas davantage ; nul sourire qui vînt éclairer cette calme face de brune trop sûre de sa beauté et me donner à croire qu'elle eût pour moi autre chose que du mépris. Il paraissait même, comme en cette matinée d'ultime tiédeur, venue pour fêter la fin des beaux jours dans une petite jupe en forme de corolle blanche, avec de fines chaussures à talons et un chemisier saumon assez ample pour qu'on ne perde rien des lents mouvements de ses seins dans leur armature bleu turquoise, il paraissait qu'elle n'avait d'autre souci que l'assurance, crâne et solitaire, de sa beauté. Enfin elle parla ; d'abord lentement et si bas qu'elle suscitait un silence presque inquiet. La voix s'affermit dans une couleur qu'on eût dite de la même transparence voilée que le gris de ses yeux, et peu encline, malgré mon désir, à se déployer mieux : de ces voix qu'on a entendues une fois au fond d'un songe et qu'on recherchera toute une vie, et dont seul, pour Cécile, le chant crépusculaire du cor dans le mouvement lent du Trio de Brahms pourrait donner l'idée. Voix qui grandit Cécile, la haussa vers moi, l'approcha de mes lèvres pour l'immobiliser dans un sourire de pitié. Oui, elle savait à ce moment que sa voix me pénétrait, mieux que la lumière ou une lame, faisant monter en moi le bonheur de n'être rien devant la vraie beauté. Alors Cécile avança la lèvre, et pour moi seul murmura :

— Comme si vous ne le saviez pas !

Silvia

Silvia soudain surgie des eaux et des brumes de l'automne, où elle pensait périr en riant devant moi, dans l'heure méridienne, nimbée d'un soleil jaune qui lui nacre les dents et l'humide commissure, grande brune au teint plus doux qu'un vieil ivoire et souriante, un rien vulgaire, sombre, vive, enveloppée d'un sourire qui laisse voir un peu de la gencive rose comme ses lèvres et ses ongles, surgie d'au-delà des forêts françaises ou des Açores ancestrales, issue de la sylve et des sèves de son propre prénom qu'elle profère haut, la voix éraillée par le tabac, les frimas et l'habitude reine, évidemment, d'être là, chemise échancrée sur l'éternel gonflement de deux seins dont elle tire, plus qu'un juste orgueil ou une manière d'être, sa raison, sa substance, sa joie — et d'entre lesquels elle retire, au bout d'un fil, les deux pastilles noires d'un écouteur qu'elle me loge dans les oreilles et qui sont si tièdes entre ses ongles glacés que je n'entends plus la banale musique de son baladeur mais le bruissement infini de ces seins.

Esther

Les lèvres de la délicate Esther me ravissaient ; j'en retrouvais l'ourlet boudeur dans les boucles blond cendré des cheveux, devinant dans la fausse douceur du sourire maintes passions à venir. Esther se dérobait, ne livrait d'elle que le bref et moiré glissement de ses cheveux vers les joues, la bouche, le cou, en aile déployée, pudique. Au reste toujours habillée de vêtements de sport aux couleurs vives et de baskets mauves enserrant de très fines chevilles qu'un boitillement matinal me fit considérer avec une attention neuve, surtout lorsque je découvris, abandonné sur la barre qui soutient la table, et remuant doucement dans la pénombre, son pied nu. Esther me regardait, attendant quelque acerbe remarque que je ne pus retenir, mais en souriant trop : à quoi elle répondit qu'elle avait trop mal à la cheville. Je m'approchai, voulus qu'elle se rechausse : avec un sourire d'ange, elle retroussa le pantalon sur une jambe d'un lisse parfait, et murmura :

— Sentez-vous, Monsieur ? Je vous en prie : sentez, sentez !

Je m'agenouille pour lui remettre sa chaussure. Du pied cambré, où bat une petite veine, monte un parfum sucré, entêtant, que j'ai déjà senti sur des femmes aimées et qui me fait baisser les paupières ; et en me penchant davantage pour lacer la chaussure j'effleure le tiède pied d'Esther, qui chuchote encore :

— Oui, cela sent comme du lilas.

Isabelle

Je suis debout au bord du terrain de sport, observant dans les reflets du macadam mouillé ma chagrine figure qu'un jeune pied, par moments, fait voler en éclats : celui d'Isabelle, par exemple, accourue à moi :

— Monsieur, j'ai froid, j'ai tellement froid !

Dois-je la croire ? Ces joues rouges, cette taille souple, ces longs cheveux bruns et brillants, ce grand corps délié ne disent-ils pas la plus insolente santé ? Isabelle me tend ses doigts recroquevillés dans les manches d'un survêtement bleu et or, et les dénoue au creux de mes mains, où je les pétris doucement. Elle sourit sans me quitter des yeux. J'aime sa droiture, sa modestie, son regard moqueur et sombre qui est sa vraie beauté. Il y a en elle quelque chose de sain, de terrien, de tranquillement heureux. Elle retourne au jeu, d'où elle s'échappe encore pour revenir loger ses mains dans mes paumes, louant à mi-voix leur tiédeur, les joues un peu plus rouges. Elle s'envole de nouveau puis revient en clamant que ce n'est pas possible, qu'elle est gelée. Elle ne ment pas : sa figure est blême, ses yeux humides, son front assombri. Comme j'ai croisé les bras (le froid me transit), Isabelle pose lentement le front sur mon épaule et dit, le souffle court :

— Plaignez-moi...

Et j'ai soudain tout contre moi ce souple arbuste de chair qui épouse exactement mon flanc. J'écouterai longtemps, dans la lumière retrouvée de ce lundi de janvier, entre deux seins qui m'enserrent le bras avec de longs frémissements, battre son cœur de grande fille heureuse.

Maud

Trop bref et rare prénom, Maud, syllabe close d'un beau mauve. Je ne soupçonnais pas qu'il désignait pareille fleur : petite, menue, la figure ovale, les cheveux presque roux et d'immenses yeux bleus déjà tournés vers les abîmes du cœur, telle m'apparut Maud, un soir de novembre, dans la salle quasi déserte. Une élève inconnue m'avait, un matin, dans le couloir, demandé (pour rire, avec cette rougeur des trop jeunes filles qu'étonne leur propre audace) si je ne voulais pas *sortir* avec Maud. J'avais haussé les épaules, et dit que de Maud je me souciais comme d'une guigne. On me promit que j'allais malgé tout la connaître. Il y eut donc, ce soir-là, tumulte sur le seuil : on traînait, gémissante, écarlate, au bord des larmes ou du rire, la jeune Maud vers moi qui, adossé au bureau, m'entretenais avec des élèves plus âgés de l'indignité de l'écrivain. Nous avons regardé sans ciller se ployer devant nous ce corps frissonnant qui parut s'enfouir dans la chute de la chevelure avant de se redresser : Maud, très pâle, entreprit de reboutonner une blouse défaite sur deux maigres seins. Nous ne disions plus rien. Elle me regardait avec un étonnement qui touchait à l'effroi, puis au déplaisir. De ses petites mains, elle se frottait le cou. Ses amies gloussaient derrière la porte. Je lui tendis la main ; elle en griffa le dos, jusqu'au sang, avec un hurlement silencieux, puis s'efforça de rire, et sortit : elle avait, à ce moment, lointaine et humiliée, un visage quasi joyeux.

Marie-Agnès

Voici une vierge sage, claire, gardienne déjà de traditions et d'une beauté très françaises. Sa courte chevelure châtain, lisse, brillante, remuait rarement ; son visage, très blanc, régulier et pensif, faisait goûter un ordre à quoi elle plierait toute sa vie, silencieuse et simple, harmonieuse comme son corps. On ne tirait de Marie-Agnès que des sourires lointains, des paroles lentes, des rires muets. Si j'aimais regarder ses jambes, c'était que, fort belles, elles semblaient son unique faiblesse : à quinze ans, elle les montrait avec un sérieux excessif ; et je l'imaginais rêvant à ce qu'elle pourrait appeler bientôt le grand poème de la chair et qui la ferait sangloter sans qu'elle sache encore pourquoi. Jambes qu'elle épilait et caressait trop souvent, arrondies, délicatement musclées, dures et douces au regard, et tirant savamment le meilleur parti de l'ombre et de la lumière. Très blanches et nues, par exemple, en cette matinée d'avril, sous la jupe bleu marine. Marie-Agnès est debout près de moi, venue au tableau pour expliquer quelque point de grammaire, où elle excelle et ne manque pas de susciter une admiration irritée. Soudain elle se fige, pâlit, se mord la lèvre ; ses yeux ne quittent plus le faîte du toit voisin. Quelques mots de ma part, chuchotés, n'y font rien. J'attends, m'impatiente ; les autres murmurent. De l'ongle, j'effleure l'arrondi du bras où je laisse une trace si vermeille qu'il me semble avoir incisé cette chair sans défaut : Marie-Agnès se met à pleurer ; puis je comprends : un mince filet de sang coule à l'intérieur de sa jambe droite, perle au bord du soulier et s'étale par terre, faisant prendre à l'adolescente mortifiée la mesure de son orgueil solitaire. Elle reste sans voix, clouée par le pied à la tache sanglante qui grandit. Je m'avance ; elle recule ; je pose le pied sur le sang ; Marie-Agnès soupire de gratitude, ravale ses larmes et s'envole vers la porte. Un peu plus tard, blanche de nouveau et hautaine, elle me dira dans un souffle :

— Vraiment, cela me faisait une belle jambe...

Florence

À quatre heures, Florence sur un coude repose au plus haut du perron en contemplant la cour. C'est une après-midi de redoux ; après trois semaines de vent, de pluie, de brouillard, le ciel a tourné au bel opalin, rose bleuté. Je suis debout près de Florence qui renverse la tête pour me regarder : sa chevelure rousse choit derrière elle ; ses yeux marron ont des reflets dorés et s'agrandissent quand elle bâille et me laisse voir son palais rosâtre. Elle sourit avec mystère ; jamais on ne sait ce qu'elle a, ni ce qu'elle va faire, résignée aux nappes d'une brume intérieure d'où elle n'émerge que pour pleurer en silence ou sourire comme elle le fait aujourd'hui, alanguie, toute en noir, ses longues mains blanches aux ongles rongés étreignant l'étoffe sombre de sa cuisse. Se dédiant à l'heure exquise, Florence a échancré son corsage, et me parle dans un murmure de tourments dont rien ne semble devoir la délivrer ; je l'écoute à peine ; cela fait deux années qu'elle se plaint à moi ; je regarde le petit crucifix qu'elle a au cou (et qu'elle m'a dit avoir rapporté de Lisieux) vaciller doucement au revers du corsage ; je guette le moment où la frêle croix, avec son christ étincelant au soleil, tombera entre les seins ; et je frissonne : est-ce le froid trajet de l'acier sur cette peau laiteuse, le sourire mi-railleur, mi-pâmé de Florence, l'espèce de soupir rauque dont le souffle m'enveloppe les doigts, ou bien la palpitation très claire d'une larme au coin de son œil ?

Albina

Éternelle passante de la cour, lointaine, solitaire ou bien suivie de filles silencieuses, Albina au beau nom d'albâtre, au blanc visage ombragé d'une mèche brune qu'elle repousse trop souvent de ses doigts diversement bagués ou enfouis dans les manches d'un chandail sous lequel ses hauts seins commencent à pommer, Albina paraissait n'obéir, ce vendredi-là, qu'aux souffles d'un vent tiède mêlé de pluie, qui balayait la cour. Son front n'avait plus sa clarté habituelle : on l'eût dite tourmentée, près de choir en elle-même, où elle découvrait des gouffres. Ses cercles la rapprochaient peu à peu de moi, penché sur de semblables abîmes. Le vent rabattait ses cheveux sur sa bouche ; elle les en écartait avec impatience pour me demander : « Monsieur, croyez-vous que les hommes aimeront faire l'amour avec moi ? » Jamais elle n'avait été aussi grave ; sa main droite reposait, frémissante, sur son épaule gauche. Albina attendait, le regard ailleurs — vers la trouée de nuages, peut-être. Je la délivrai ; son visage s'ouvrit, soudain radieux et reconnaissant, trouvant enfin des couleurs vives et découvrant sa beauté dans le temps même qu'elle me la dédiait, acceptant que sa beauté fût avant tout cette muette dédicace. Je ne lui avais pourtant rien répondu, m'étant contenté de la regarder en souriant. Albina se prit la tête entre les mains, me dévisagea longuement, s'éloigna de quelques pas, s'ébroua comme si elle sortait enfin du sommeil de l'enfance. Elle me demanda encore si ça faisait mal. Je lui répondis, pour en finir, que l'amour fait toujours mal. Elle hocha la tête ; et j'eus alors la vision intérieure de son corps, d'une flûte d'ambre, d'un pur étui nacré, d'une vallée de larmes.

Lucile

Il soufflait dans la cour un vent froid de jour des Morts. Elles se serraient autour de moi, en un cercle silencieux. Nous penchions tous la tête. Par instants, sans savoir pourquoi, nous éclations de rire, puis refaisions silence. Elles ne me demandaient plus pourquoi je n'allais pas me réfugier dans la salle des professeurs ; j'étais presque des leurs — et ma tristesse, ce matin-là, me dispensait de parler. Un garçon parfois tentait de pénétrer dans le cercle : il en était chassé à coups de pied, avec des mots cinglants. Je regardais mes très jeunes compagnes et songeais, en voyant tout contre moi le pur et triste profil de Caroline, à Henriette de Mortsauf, à Emma Bovary, à Katia Kabanova. Elles y croyaient, ces filles, aux amours qui ploient le corps et rendent brûlantes les âmes ; elles y rêvaient peut-être en ce moment, tout en se frottant doucement les mains, s'épaulant, remuant les jambes comme en une danse primitive, soupirant ou rejetant en arrière une chevelure lourde d'humidité. Elles regardaient dans le vide. Et à cet arbre de visages plus ou moins rêvés que chacun porte en soi et où parfois on se crucifie, elles et moi songions, dans une détresse lente qui nous poussait à rire, bêtement. Soudain Lucile, près de moi, secoua ses longues boucles rouille, me regarda, remua ses lèvres très roses ; ses yeux, d'ordinaire malicieux, brillaient singulièrement ; je crus qu'elle allait rire, je lui souris ; alors elle se jeta à mon cou, secouée de sanglots et murmurant :

— Vous, vous qui savez tout, dites-moi que ma vie sera douce !

À peine si les autres lui prêtaient attention. Lucile reprit sa place. Elle mit sa main dans la mienne. Lui ai-je rien répondu ? J'aurais aussi bien pu me mettre à pleurer. Lucile ne tremblait plus. Je me disais encore que j'aurais été heureux de mourir là, parmi elles, sans un mot, avec à mon cou, les larmes de Lucile comme une écharpe d'eau fraîche.

Muriel

Je n'aime pas les regarder courir ; elles n'ont plus pour cela la grâce des enfants et pas encore la nonchalance un peu maladroite des femmes. Lorsqu'elles courent, leurs jambes semblent devoir s'emmêler, leurs seins ballottent, leurs figures ont les sourires suppliciés de celles qui ne peuvent cacher leurs défauts. Seule Muriel, en pantalon bleu clair, court avec élégance, presque gravement. Son étroit visage est mangé par des yeux immenses et chauds qui s'agrandissent pour chercher dans je ne sais quel au-delà une rétribution à son effort. Elle vient achever devant moi sa brève course, s'accroupit un instant, les mains serrées sur ses genoux ; sa peau est mate, à peine altérée par les mouvements du cœur ; un peu de sueur brille aux boucles de son cou sur lequel elle rassemble ses cheveux. Ses oreilles ont rosi. Je lui dis que j'aime la voir courir, qu'il est si rare de rester belle ainsi. Je veux savoir son secret.

Et elle, avec le rire le plus clair, et cette voix à laquelle les brumes vendéennes ont donné de la raucité : « Vous ne devinez pas ? Je me tue à le leur recommander, à toutes tant qu'elles sont, mais n'en font rien : je serre les fesses ! » Et sans cesser de me regarder, elle se retourne, se penche en avant, passe sa main sur ses hautes et fermes fesses, lentement, avec infiniment de sérieux, près de la déchirure à la mode, qui laisse voir un peu de peau très blanche entre l'extrémité du bas et le bord de la culotte. Muriel me saisit la main comme pour mieux me convaincre, devient écarlate, se ravise puis se redresse, la mine hautaine, soudain consciente de son propre mystère, avec l'air de me dire : « Quand même, vous n'en avez jamais vu de si belles... »

Arkia

Arkia suscite autour d'elle une belle lumière. Son visage n'a rien que de doux et de simple, et de probe. Ses sages, ses larges yeux marron ne cessent de sourire ; on dirait qu'elle n'obéit qu'au rare mélange en elle de sangs toscans, provençaux et berbères. Pas de fille plus évidemment heureuse, d'humeur plus égale : de ces êtres qu'on ne cesse de remercier muettement, en classe, de ce qu'ils existent — et déjà femme avec ses seins lourds sous le coton noir que creusent doucement une petite main d'or et un œil conjurant le mauvais sort. Oui, de ces seins beaux parce que d'un juste poids, et frémissants, et devant quoi il nous faut, pensais-je en rencontrant le regard d'Arkia, ou souffrir ou rire. Et lorsque, hier, je me penchai vers elle assise au second rang tandis que résonnait la voix d'or de Céline lisant à la classe recueillie l'épisode des cerises dans *les Confessions*, Arkia se mit à soutenir mon regard avec l'intention manifeste de ne point baisser les yeux. Je m'inclinai davantage, me plongeai en frissonnant dans ces yeux sombres où, me semblait-il, je pourrais me perdre d'amour et qui étaient tour à tour étonnés, malicieux ou graves, en arrêt devant quelque chose qui lui échappait mais nous faisait bondir le cœur. Elle se remit à sourire, et ce fut adorable quand, posant *les Confessions* sur la table, elle approcha son visage du mien qui me penchai jusqu'à heurter doucement son front, effleurant son nez.

Bérengère

J'avais, encore une fois, confessé le peu de goût que j'ai pour ma personne, pour ma figure surtout, épaissie par les ans, illuminée sombrement par le doute et l'incroyance en l'amour. La classe se taisait, irritée, ou incrédule, ou amusée. Je ne quêtais nulle dénégation ; très brève, ma confession avait néanmoins quelque chose d'excessif. Certains me jugeaient impie : que vaudrait la vie, sans amour ? Elles avaient raison ; mais je continuais à railler leur sérieux, leurs tendres rêves. Je clamais que l'amour nous rend indignes de nous-mêmes et que ceux qui, comme moi, sont laids, devraient s'abstenir de vouloir aimer. Bérengère, recluse d'ordinaire dans le camaïeu d'un prénom qui évoquera toujours pour moi la joliesse un peu triste des tableaux de Louis Boilly, avec le gris élégant de vêtements bon chic bon genre, un front haut, des cheveux tirés en lourds bandeaux, des yeux pâles et un menton à l'ovale exquis, Bérengère si discrète qu'on ne la trouvait ni laide ni belle et que pour cette raison on tenait à l'écart, la réputant méprisante alors qu'elle n'était que discrète et insaisissable, se leva, pâlit, se tordit un instant les mains puis rejeta en arrière un foulard de soie verte qui glissait sur sa poitrine :

— Vous n'avez pas le droit de dire que vous êtes laid. C'est insupportable à la fin ! Que savez-vous de vous ? Vous nous l'avez dit : on ne s'habitue jamais à son propre visage, au temps qui l'altère, aux regards des autres. On ne peut se connaître. J'ai bien retenu la leçon, non ? Regardez-moi : je vais avoir seize ans ; je ne suis ni très belle ni très intelligente ; on ne me remarque guère ; je pleure chaque jour de savoir que mon visage n'a rien de remarquable. La vie est vicieuse, perfide, pleine d'embûches. Sans doute les gens sont inconstants et égoïstes. Chacun peut choisir le jour de sa mort avant que le temps le choisisse. Je ne veux pas connaître l'enfer sur cette terre, je ne veux pas connaître ce moment où la vie et la mort se confondent, je veux que l'amour triomphe, même si on ne m'aime pas. Je vous vois sourire ; vous allez me dire que je ne sais rien de l'amour : j'en connais au moins la souffrance. Riez si vous voulez : je crois qu'il est plus fort que tout. Je veux vivre pour ça, et non pas comme vous qui avez tout pour plaire, qui le savez, qui plaisez et qui êtes quand même désespéré, et méchant et seul...

Elle s'arrêta. Nul n'osait la regarder. Des larmes roulaient sur ses joues. J'aurais voulu qu'elle me prenne dans ses bras. Jamais elle n'avait parlé de la sorte, jamais elle ne recommencerait. Elle pleurait et souriait. Elle m'avait donné son plus secret visage, elle s'était dénudée, j'avais été abject et c'était elle qui me montrait de la reconnaissance.

Cindy

Je voulus, dès que Cindy Beaulieu fut devant moi, franciser son prénom, du moins lui restituer quelque apparence latine : Cindy refusait Cynthia, me reprenait calmement, souriante, un peu lasse et chagrine déjà de mon mauvais vouloir. Ce prénom américain, elle le portait, jugeais-je, comme une infirmité. Pour des oreilles françaises il sonnait faux, jurait avec le clair patronyme ; et dès qu'il me fallait le prononcer, je grimaçais comme si j'avais dans la bouche un bonbon trop acide. J'en vins à ne plus voir le visage de Cindy ; au mieux distinguais-je, au troisième rang, devant moi, une tête ronde aux cheveux blonds, bouclés, mi-courts, aux yeux très bleus, et un corps sans grâce apparente. Pis : dès que je l'interrogeais, je l'écoutais en détournant les yeux et usais pour l'appeler d'un « mademoiselle Beaulieu » qui l'indignait et nous faisait rougir. On trouvait intolérable que je n'en démorde pas, que Cindy paie si cher la fantaisie de ses parents. Au bout de quelques semaines, elle s'était retirée dans un silence dont je lui aurais su gré s'il ne m'avait montré l'étendue de ma vilenie. Il était tard ; l'ombre envahissait la salle ; j'achevais de remplir le cahier de textes. Je me croyais seul. J'entendis qu'on pleurait : Cindy était restée assise, très droite, les mains croisées sur sa table. Je m'approchai. Les joues commençaient à me cuire. Cindy regardait devant elle, ravalant à grand-peine ses larmes qui brillaient et allaient se perdre dans l'échancrure trop large d'un chemisier où vivaient deux beaux seins blancs. Elle surprit mon regard : « Que faut-il que je fasse, murmura-t-elle, pour exister à vos yeux ? Que je me montre nue ? Que je meure ? » Je m'agenouillai devant elle et lui dis, la tête basse : « Que tu me pardonnes. » Alors elle tourna vers moi un visage extraordinairement beau, dont la peau recueillait les derniers restes de la lumière d'hiver ; et posant simplement la main sur mon épaule comme pour s'aider à se lever, elle se mit à chantonner.

Loulou

On l'appelait Loulou. Je ne lui ai pas connu d'autre nom ; elle n'était pas de mes élèves et n'est restée que quelques mois parmi nous. Très grande, métisse de Portugais et d'Angevine, avec une poitrine menue et dure, de lourds cheveux soyeux, des joues exquisément creusées, des lèvres et des ongles trop rouges : une vraie fleur de banlieue au parler haut, violent, vulgaire et drôle, peu à l'aise au collège comme en son corps. Elle se prit pour moi d'une affection immédiate, m'embrassant par exemple la main (elle pourtant si fière) dans la pénombre des couloirs, le plus souvent me tapant sur l'épaule, ou me bourrant les côtes de petits coups de poing quand elle ne s'approchait pas à pas de loup, précédée d'un lourd parfum de vanille et posant ses mains sur mes yeux pour que je devine qui était là. Nous parlions, brièvement, de tout et de rien, assis sur un muret écarté qu'ombrageait à la belle saison le feuillage d'un frêne. Nous regardions ensemble la cour quasi déserte. Loulou portait malgré le froid un court short beige et des collants noirs ; ses jambes, longues et minces, savaient trouver les mesures des compas sacrés ; je les ai souvent vues, légèrement écartées, à contre-jour, au soleil déclinant, comme une section d'or. Elle semblait inquiète ; je ne lui posais jamais de questions, redoutais presque sa colère, son chagrin sûrement. Elle marmonna, finit par se griffer la cuisse et fila son collant. Puis elle me demanda, d'une voix étouffée :

— Et si j'avais vingt ans de plus, qu'est-ce que vous feriez ?

Je souris, tremblai un peu, avant de dire :

— Et si j'avais vingt ans de moins ?

Elle planta ses yeux dans les miens. Nous ne sentions plus le froid. Elle se rapprocha :

— Regardez, souffla-t-elle, j'ai déchiré mon collant. Il faudrait que j'y mette de la colle.

Elle ne prêtait nulle attention à ce qu'elle disait, et me regardait effrontément ; je la sentais sur le point de pleurer. D'un geste rageur, elle agrandit la déchirure du collant ; la peau de sa cuisse, mordue par le froid, était d'une blancheur imparfaite mais frémissante. Loulou me prit la main et la plaqua sur sa peau qui palpitait comme un sein. Elle rit :

— Eh bien, vous, vous n'avez pas froid aux yeux !

Je lui souris, retirai ma main, répondis :

— Toi non plus.

— Hein, qu'on aurait pu s'entendre ?

Elle me tournait presque le dos, serrait les lèvres, regardait le ciel. Je murmurai que l'amour est un songe sans fin.

— Vous parlez comme un prof !

Je la regardai s'éloigner vers les cabinets des filles d'où elle ressortit sans me regarder. À ce moment, des oiseaux fendaient l'air avec des cris déchirants.

Héloïse

Aujourd'hui le temps est aux giboulées. Je songe au mois de ma naissance, à la mélancolie des bêtes, à une bourgade du Nord où les jeunes filles cultivaient la tristesse et la résignation dans un collège posé au flanc d'un coteau : des vaches y paissaient sous une pluie ensoleillée. C'étaient pour la plupart des filles de paysans, de douaniers, ou d'ouvriers des aciéries, propres, sages, soucieuses que la vie suive son cours le plus lent, au gré des saisons et des drames minuscules qui les faisaient interminablement rêver. L'arrivée d'Héloïse aurait éveillé en elles de la haine si l'étrange fille n'eût été là que pour peu de temps : âgée de seize ans, enfant de forains qui tournaient dans la région, Héloïse avait quelque chose d'ingénu et de dur, de tendre, de vulgaire, avec dans ses grands yeux noirs un mélange d'audace et de détresse qui me la fit aimer sur-le-champ. Elle se méfiait de moi et n'osa pas tout de suite faire circuler dans la classe les objets de pacotille dont elle savait qu'elle épaterait les autres : porte-clés, stylos bille avec figures érotiques, petits chocolats belges, échantillons de grands parfums, billets démonétisés, dictionnaires microscopiques, petits canifs à manche de nacre, chevalières dorées — tout ce qu'elle pouvait exhiber pour faire oublier sa beauté typée de gitane aux autres qu'auraient heurtées ses manières trop vives, sa haute voix, son expression hardie et surtout ses vêtements d'une mode si douteuse qu'on ne considérait plus qu'avec trouble cette sauvageonne, cette femme-enfant que je surpris un matin, après la récréation, derrière la porte entrebâillée de la classe, dans le plus étrange appareil, fardée à outrance, la jupe rouge relevée jusqu'au haut des cuisses, la poitrine quasi dénudée sur laquelle s'étalait un lourd collier de cuivre, une cigarette éteinte aux doigts et l'air ailleurs, méprisant, ses beaux cheveux noir de jais coupés au carré lui tombant sur les joues comme deux ailes dépliées. Elle ne bougea pas. Les autres s'enfuirent. Je restai debout devant Héloïse qui laissa retomber lentement sa jupe, croisa les bras sur sa gorge. Elle me regardait sans ciller.

— N'as-tu pas de pudeur ! ai-je dit, bêtement.

Elle haussa les épaules. Elle ne comprenait pas. Désarmé, je n'ai rien ajouté. Elle se fût aussi bien offerte à moi ; sans doute était-ce sa façon à elle de conjurer la colère des hommes, d'apprivoiser l'inconnu, de pactiser avec l'incompréhensible. Je voulus la faire sortir. Elle recula.

— Pas de quoi fouetter un chat, finit-elle par dire. J'imitais ma grande sœur...

Je ne comprenais pas, ou ne voulais pas comprendre ; elle éclata de rire, posa la main sur mon bras et, l'air crâne, avec la moue la plus provocante, dit :

— Oui, ma sœur fait le trottoir.

Faustine

Nulle voix surgie d'aucune bouche plus souriante en un si blanc visage ne m'émut davantage : chaude, souple, avec des inflexions de colorature ; et nonobstant les autres charmes de Faustine (une manière olympienne d'être là, simplement, une poitrine dont la naissance semblait la source d'un fleuve sacré, un rire étrange, plus transparent qu'un ciel d'hiver), c'était sa voix qui me pliait à elle, et me faisait baisser un peu les paupières quand elle parlait ou jouait une amoureuse de Marivaux ou de Musset. Faustine cependant demeurait un mystère en pleine lumière ; notre entente était si parfaite qu'elle me laissait un goût de cendre : je me rendais compte que d'elle, au fond, je ne savais rien ; mieux : que tout ce qu'elle pourrait me révéler, si je la questionnais, ne me renseignerait guère, ou me décevrait ; son intimité n'était-elle pas toute dans sa voix ? Et je me serais résigné à la plus grande patience et à une manière de désespoir, s'il ne m'eût été donné de voir l'enregistrement d'un concert donné par la chorale du lycée : dans le chœur des élèves je découvris bientôt Faustine, vêtue de noir, le visage illuminé, la voix déployant les vers du *Cantique de Jean Racine* de Fauré : son visage venait enfin de s'ouvrir, de se dépouiller de ses grâces juvéniles pour accéder à sa féminité, et, souriant, paisible, renversé vers les plus hautes voûtes, se dénuder dans sa propre lumière.

Ariane

Favorite des favorites, belle de ses sangs mêlés où j'aurais tout donné pour couler à mon tour, Ariane a tout de la sombre flamme des brunes et de la placidité des blondes : des cheveux longs et lisses, un front légèrement bombé, un regard émeraude, un sourire félin, une peau mate — un visage qui eût été presque banal s'il n'y avait éclaté souvent un rire sonore qui faisait d'elle une femme. D'elle, au cours d'une année lente, ces images éparses :

Ariane gravissant si lestement les marches, dans sa courte robe, qu'elle n'aurait pu me révéler avec plus de pudeur les secrets de son corps, ni m'en donner mieux les faveurs premières ;

Ariane me clouant à moi-même lorsqu'elle m'avoue, en fuite vers la sortie, et rougissant dans un grand éclat de rire, qu'il lui arrive de venir en classe avec un porte-jarretelles ;

Ariane levant le bras pour répondre : sa taille

se cambre, sa poitrine lourde se soulève, sa nuque, sur laquelle la chevelure relevée en chignon laisse voir un fin duvet, se redresse selon un mécanisme dont le nœud est l'attache du soutien-gorge ;

Ariane ôtant en classe son chandail noir, soulevant dans le même effort son chemisier bordeaux, de sorte qu'apparaît dans la peau claire du ventre le peu profond nombril ; et lorsque je lui dis qu'elle pourrait bien me faire perdre la tête, elle a un tout petit rire et répond que c'est fait pour ça ;

Ariane derrière qui je m'assois, pendant que les autres travaillent : elle a posé sur la table, derrière elle, manteau, écharpe et chandail : je remue doucement ces étoffes d'où s'élève un parfum qui n'est ni tout à fait celui d'une adolescente, ni vraiment celui d'une femme ;

Ariane me demandant qui je préfère, des brunes ou des blondes (les rousses n'entrant pas dans ce partage des femmes) ; je me penche à son oreille (ses cheveux bruns, très fins, soulevés par le vent, m'effleurent les lèvres) et chuchote : « Les petites brunes. » Elle éclate de rire, la tête renversée vers le ciel ;

Ariane dans la cour déserte ; il pleut, il vente ; elle paraît chagrine et se rapproche brusquement de moi. Je la prends par l'épaule ; elle me sourit, timidement, puis passe le bras autour de ma taille — et nous marchons ainsi, sans rien dire ;

Ariane ayant pitié de moi qui quémandais quelque friandise pour me soutenir, et tirant de sa bouche de la gomme à mâcher dont elle m'offre la moitié, la plaçant elle-même sur ma langue et rougissant avec moi de cette intimité partagée ;

Ariane très droite dans le soleil poudreux de juillet, près de l'entrée du collège, le dernier jour, s'approchant lentement pour me dire :

— Nous ne nous reverrons plus...

— Je sais.

Elle rit, mais le cœur n'y est pas. Elle rejette ses cheveux sur ses épaules, d'un geste vif, sans cacher ses larmes ; et reculant d'un pas, avant d'aller rejoindre en courant ses amies :

— Vous m'avez bien aimée, n'est-ce pas ?

— Tu le sais.

L'inconnue de Laon

Je sortais d'une salle où, depuis le matin, j'avais fait passer des oraux à des garçons sans grâce. Du soudain triomphe de l'été, ce jour-là, dans ce lycée de brique sombre, je n'avais rien vu. Je songeai avec reconnaissance aux étages de ce jardin suspendu dans lequel, le matin même, arrivé trop tôt dans cette cité inconnue, j'avais regardé la ville basse émerger des dernières brumes. Le soir viendrait à pas de loup. L'immense couloir avait une fade odeur de cloître. Je guettais en moi-même les signes de ma délivrance, m'abandonnant à l'ivresse (ou à la faiblesse) de me croire enfin rendu à l'écriture ; j'ignorais encore qu'on n'est rendu qu'à soi, qu'écrire n'est pas un métier, et de quel poids misérable pèsent les mots devant le plus furtif visage. Je vis que je n'étais pas seul : assise dans l'évasement d'une haute fenêtre donnant sur un jardin où remuaient des frondaisons sales, une jeune fille m'observait en souriant. Elle pouvait avoir seize ans. Elle était déchaussée et enroulait autour d'une main lasse une longue mèche de cheveux châtains. Je ne me demandai pas ce qu'elle faisait là : elle fut bientôt devant moi, enveloppée d'un parfum de quatre sous auquel se mêlait une légère odeur de transpiration, très droite dans son jean délavé et son tee-shirt abricot. Sans doute avons-nous murmuré — bribes de phrases sans autre nécessité que celle de nous laisser nous dévisager sans retenue. Je m'égarais dans ce visage étroit, dans ces grands yeux humides. Nous n'en saurions pas davantage. Rien, d'ailleurs, n'avait plus d'importance que nos visages brusquement rapprochés par la volonté de l'inconnue qui se dressa sur la pointe des pieds : elle saisit mes mains, les posa doucement sur des seins menus, fermes, libres sous le frêle vêtement. Elle avait fermé les yeux. Sa bouche avait une fraîcheur de source. Il me semblait que nous étions descendus dans le jardin. Elle se détacha bientôt de moi pour s'en aller en courant, sans un mot. Je ne me rappelle pas la couleur de ses yeux.

DU MÊME AUTEUR

Aux Éditions Gallimard

LA VOIX D'ALTO, 2001 (Folio n° 3905).

LE RENARD DANS LE NOM, 2003 (Folio n° 4114).

MA VIE PARMI LES OMBRES, 2003 (Folio n° 4225).

MUSIQUE SECRÈTE, 2004.

HARCÈLEMENT LITTÉRAIRE, entretiens avec Delphine Descaves et Thierry Cecille, 2005.

LE GOÛT DES FEMMES LAIDES, 2005 (Folio n° 4475).

DÉVORATIONS, 2006 (Folio n° 4700).

L'ART DU BREF, Le Cabinet des lettrés, 2006.

DÉSENCHANTEMENT DE LA LITTÉRATURE, 2007.

PETIT ÉLOGE D'UN SOLITAIRE, 2007 (Folio 2 € n° 4485).

PLACE DES PENSÉES, sur Maurice Blanchot, 2007.

L'OPPROBRE, 2008.

Au Mercure de France

L'ORIENT DÉSERT, coll. « Traits et portraits », 2007.

Aux Éditions P.O.L

L'INVENTION DU CORPS DE SAINT-MARC, 1983.

L'INNOCENCE, 1984.

SEPT PASSIONS SINGULIÈRES, 1985.

L'ANGÉLUS, 1988 (Folio n° 3506).

LA CHAMBRE D'IVOIRE, 1989 (Folio n° 3506).

LAURA MENDOZA, 1991.

ACCOMPAGNEMENT, 1991.

L'ÉCRIVAIN SIRIEIX, 1992 (Folio nº 3506).

LE CHANT DES ADOLESCENTES, 1993 (Folio nº 4766).

CŒUR BLANC, 1994 (Folio nº 4767).

LA GLOIRE DES PYTHRE, 1995 (Folio nº 3018).

L'AMOUR MENDIANT, 1995.

L'AMOUR DES TROIS SŒURS PIALE, 1997 (Folio nº 3199).

LAUVE LE PUR, 2000 (Folio nº 3588).

Aux Éditions de La Table Ronde

LE SENTIMENT DE LA LANGUE I, II, III, 1993. Prix de l'Essai de l'Académie française 1994.

UN BALCON À BEYROUTH, 1994.

LE CAVALIER SIOMOIS, 2004.

FENÊTRE AU CRÉPUSCULE, conversations avec Chantal Lapeyre-Desmaison, 2004.

Aux Éditions Dar An Nahar, Beyrouth

L'ACCENT IMPUR, 2001.

Aux Éditions Champ Vallon

LE SENTIMENT DE LA LANGUE I & II, 1986 – 1990.

BEYROUTH, 1987.

Aux Éditions Fata Morgana

LE PLUS HAUT MIROIR, 1986.

CITÉ PERDUE, 1998.

LE DERNIER ÉCRIVAIN, 2005.

CORPS EN DESSOUS, 2008.

Aux Éditions François Janaud

AUTRES JEUNES FILLES, avec des dessins d'Ernest Pignon-Ernest, 1998.

Aux Éditions Fayard

POUR LA MUSIQUE CONTEMPORAINE, 2004.

Aux Éditions L'Archange minotaure

SACRIFICE, avec des photographies de Silvia Seova, 2006.

TOMBÉS AVEC LA NUIT, 2007.

COLLECTION FOLIO

Dernières parutions

4595. Alessandro Baricco	*Homère, Iliade.*
4596. Michel Embareck	*Le temps des citrons.*
4597. David Shahar	*La moustache du pape* et autres nouvelles.
4598. Mark Twain	*Un majestueux fossile littéraire* et autres nouvelles.
4599. André Velter	*Zingaro suite équestre* (nouvelle édition)
4600. Tite-Live	*Les Origines de Rome.*
4601. Jerome Charyn	*C'était Broadway.*
4602. Raphaël Confiant	*La Vierge du Grand Retour.*
4603. Didier Daeninckx	*Itinéraire d'un salaud ordinaire.*
4604. Patrick Declerck	*Le sang nouveau est arrivé. L'horreur SDF.*
4605. Carlos Fuentes	*Le Siège de l'Aigle.*
4606. Pierre Guyotat	*Coma.*
4607. Kenzaburô Ôé	*Le faste des morts.*
4608. J.-B. Pontalis	*Frère du précédent.*
4609. Antonio Tabucchi	*Petites équivoques sans importance.*
4610. Gonzague Saint Bris	*La Fayette.*
4611. Alessandro Piperno	*Avec les pires intentions.*
4612. Philippe Labro	*Franz et Clara.*
4613. Antonio Tabucchi	*L'ange noir.*
4614. Jeanne Herry	*80 étés.*
4615. Philip Pullman	*Les Royaumes du Nord. À la croisée des mondes, I.*
4616. Philip Pullman	*La Tour des Anges . À la croisée des mondes, II.*
4617.Philip Pullman	*Le Miroir d'Ambre. À la croisée des mondes, III.*

4618. Stéphane Audeguy — *Petit éloge de la douceur.*
4619. Éric Fottorino — *Petit éloge de la bicyclette.*
4620. Valentine Goby — *Petit éloge des grandes villes.*
4621. Gaëlle Obiégly — *Petit éloge de la jalousie.*
4622. Pierre Pelot — *Petit éloge de l'enfance.*
4623. Henry Fielding — *Histoire de Tom Jones.*
4624. Samina Ali — *Jours de pluie à Madras.*
4625. Julian Barnes — *Un homme dans sa cuisine.*
4626. Franz Bartelt — *Le bar des habitudes.*
4627. René Belletto — *Sur la terre comme au ciel.*
4628. Thomas Bernhard — *Les mange-pas-cher.*
4629. Marie Ferranti — *Lucie de Syracuse.*
4630. David McNeil — *Tangage et roulis.*
4631. Gilbert Sinoué — *La reine crucifiée*
4632. Ted Stanger — *Sacrés Français ! Un Américain nous regarde.*
4633. Brina Svit — *Un cœur de trop.*
4634. Denis Tillinac — *Le venin de la mélancolie.*
4635. Urs Widmer — *Le livre de mon père.*
4636. Thomas Gunzig — *Kuru.*
4637. Philip Roth — *Le complot contre l'Amérique.*
4638. Bruno Tessarech — *La femme de l'analyste.*
4639. Benjamin Constant — *Le Cahier rouge.*
4640. Carlos Fuentes — *La Desdichada.*
4641. Richard Wright — *L'homme qui a vu l'inondation* suivi de *Là-bas, près de la rivière.*
4642. Saint-Simon — *La Mort de Louis XIV.*
4643. Yves Bichet — *La part animale.*
4644. Javier Marías — *Ce que dit le majordome.*
4645. Yves Pagès — *Petites natures mortes au travail.*
4646. Grisélidis Réal — *Le noir est une couleur.*
4647. Pierre Senges — *La réfutation majeure.*
4648. Gabrielle Wittkop — *Chaque jour est un arbre qui tombe.*
4649. Salim Bachi — *Tuez-les tous.*
4650. Michel Tournier — *Les vertes lectures.*
4651. Virginia Woolf — *Les Années.*
4652. Mircea Eliade — *Le temps d'un centenaire* suivi de *Dayan.*
4653. Anonyme — *Une femme à Berlin. Journal 20 avril-22 juin 1945.*

4654. Stéphane Audeguy — *Fils unique.*
4655. François Bizot — *Le saut du Varan.*
4656. Pierre Charras — *Bonne nuit, doux prince.*
4657. Paula Fox — *Personnages désespérés.*
4658. Angela Huth — *Un fils exemplaire.*
4659. Kazuo Ishiguro — *Auprès de moi toujours.*
4660. Luc Lang — *La fin des paysages.*
4661. Ian McEwan — *Samedi.*
4662. Olivier et Patrick Poivre d'Arvor — *Disparaître.*
4663. Michel Schneider — *Marilyn dernières séances.*
4664. Abbé Prévost — *Manon Lescaut.*
4665. Cicéron — *« Le bonheur dépend de l'âme seule ».* Tusculanes, *livre V.*
4666. Collectif — *Le pavillon des Parfums-Réunis.* et autres nouvelles chinoises des Ming.
4667. Thomas Day — *L'automate de Nuremberg.*
4668. Lafcadio Hearn — *Ma première journée en Orient* suivi de *Kizuki le sanctuaire le plus ancien du Japon.*
4669. Simone de Beauvoir — *La femme indépendante.*
4670. Rudyard Kipling — *Une vie gaspillée* et autres nouvelles.
4671. D. H. Lawrence — *L'épine dans la chair* et autres nouvelles.
4672. Luigi Pirandello — *Eau amère.* et autres nouvelles.
4673. Jules Verne — *Les révoltés de la Bounty* suivi de *maître Zacharius.*
4674. Anne Wiazemsky — *L'île.*
4675. Pierre Assouline — *Rosebud.*
4676. François-Marie Banier — *Les femmes du métro Pompe.*
4677. René Belletto — *Régis Mille l'éventreur.*
4678. Louis de Bernières — *Des oiseaux sans ailes.*
4679. Karen Blixen — *Le festin de Babette.*
4680. Jean Clair — *Journal atrabilaire.*
4681. Alain Finkielkraut — *Ce que peut la littérature.*
4682. Franz-Olivier Giesbert — *La souille.*
4683. Alain Jaubert — *Lumière de l'image.*
4684. Camille Laurens — *Ni toi ni moi.*

4685. Jonathan Littell — *Les Bienveillantes.*
4686. François Weyergans — *La démence du boxeur.* (à paraître)
4687. Frances Mayes — *Saveurs vagabondes.*
4688. Claude Arnaud — *Babel 1990.*
4689. Philippe Claudel — *Chronique monégasque* et autres textes.
4690. Alain Rey — *Les mots de saison.*
4691. Thierry Taittinger — *Un enfant du rock.*
4692. Anton Tchékhov — *Récit d'un inconnu* et autres nouvelles.
4693. Marc Dugain — *Une exécution ordinaire.*
4694. Antoine Audouard — *Un pont d'oiseaux.*
4695. Gérard de Cortanze — *Laura.*
4696. Philippe Delerm — *Dickens, barbe à papa.*
4697. Anonyme — *Le Coran.*
4698. Marguerite Duras — *Cahiers de la guerre* et autres textes.
4699. Nicole Krauss — *L'histoire de l'amour.*
4700. Richard Millet — *Dévorations.*
4701. Amos Oz — *Soudain dans la forêt profonde.*
4702. Boualem Sansal — *Poste restante : Alger.*
4703. Bernhard Schlink — *Le retour.*
4704. Christine Angot — *Rendez-vous.*
4705. Éric Faye — *Le syndicat des pauvres types.*
4706. Jérôme Garcin — *Les sœurs de Prague.*
4707. Denis Diderot — *Salons.*
4708. Isabelle de Charrière — *Sir Walter Finch et son fils William.*
4709. Madame d'Aulnoy — *La Princesse Belle Étoile et le prince Chéri.*
4710. Isabelle Eberhardt — *Amours nomades.*
4711. Flora Tristan — *Promenades dans Londres.* (extraits)
4712. Mario Vargas Llosa — *Tours et détours de la vilaine fille.*
4713. Camille Laurens — *Philippe.*
4714. John Cheever — *The Wapshot.*
4715. Paule Constant — *La bête à chagrin.*
4716. Erri De Luca — *Pas ici, pas maintenant.*
4717. Éric Fottorino — *Nordeste.*

4718. Pierre Guyotat — *Ashby* suivi de *Sur un cheval.*
4719. Régis Jauffret — *Microfictions.*
4720. Javier Marías — *Un cœur si blanc.*
4721. Irène Némirovsky — *Chaleur du sang.*
4722. Anne Wiazemsky — *Jeune fille.*
4723. Julie Wolkenstein — *Happy End.*
4724. Lian Hearn — *Le vol du héron. Le Clan des Otori, IV.*
4725. Madame d'Aulnoy — *Contes de fées.*
4726. Collectif — *Mai 68, Le Débat.*
4727. Antoine Bello — *Les falsificateurs.*
4728. Jeanne Benameur — *Présent ?*
4729. Olivier Cadiot — *Retour définitif et durable de l'être aimé.*
4730. Arnaud Cathrine — *La disparition de Richard Taylor.*
4731. Maryse Condé — *Victoire, les saveurs et les mots.*
4732. Penelope Fitzgerald — *L'affaire Lolita.*
4733. Jean-Paul Kauffmann — *La maison du retour.*
4734. Dominique Mainard — *Le ciel des chevaux.*
4735. Marie Ndiaye — *Mon cœur à l'étroit.*
4736. Jean-Christophe Rufin — *Le parfum d'Adam.*
4737. Joseph Conrad — *Le retour.*
4738. Roald Dahl — *Le chien de Claude.*
4739. Fédor Dostoïevski — *La femme d'un autre et le mari sous le lit.*
4740. Ernest Hemingway — *La capitale du monde* suivi de *l'heure triomphale de François Macomber.*
4741. H.P Lovecraft — *Celui qui chuchotait dans les ténèbres.*
4742. Gérard de Nerval — *Pandora* et autres nouvelles.
4743. Juan Carlos Onetti — *À une tombe anonyme.*
4744. R.L. Stevenson — *La Chaussée des Merry Men.*
4745. H.D. Thoreau — *« Je vivais seul, dans les bois ».*
4746. Michel Tournier — *L'aire du Muguet,* suivi de *La jeune fille et la mort.*

Photocomposition CMB Graphic
44800 Saint-Herblain
Impression Novoprint
à Barcelone, le 10 juin 2008
Dépôt légal : juin 2008

ISBN 978-2-07-035838-0./Imprimé en Espagne.

159879